Poes Gedichte

Edgar Allen Poes
Vier Veröffentlichte Gedichtbände
(1827-1829-1831-1845)

Copyright © 2024 von Autri Books

Alle Rechte vorbehalten. Kein Teil dieser Veröffentlichung darf ohne vorherige schriftliche Genehmigung des Herausgebers vervielfältigt, fotokopiert, aufgezeichnet oder auf andere elektronische oder mechanische Weise verwendet werden, es sei denn, es handelt sich um kurze Zitate, die in kritischen Rezensionen enthalten sind, und bestimmte andere nicht-kommerzielle Nutzungen, die nach dem Urheberrecht zulässig sind.

Diese Ausgabe ist Teil der "Autri Books Classic Literature Collection" und enthält Übersetzungen, redaktionelle Inhalte und Gestaltungselemente, die von dieser Publikation stammen und urheberrechtlich geschützt sind. Der zugrundeliegende Text ist gemeinfrei und unterliegt nicht dem Urheberrecht, aber alle Ergänzungen und Änderungen sind von Autri Books urheberrechtlich geschützt.

Veröffentlichungen von Autri Books können für Bildungs-, Handels- oder Werbezwecke erworben werden. Weitere Informationen finden Sie contact:

autribooks.com | support@autribooks.com

ISBN: 979-8-3305-5961-9
Die erste Auflage erscheint 2024 bei Autri Books.

TAMERLANE

UND

ANDERE GEDICHTE.

VON EINEM BOSTONER.

Junge Köpfe sind schwindelig, und junge Herzen sind warm,
Und Fehler machen, damit sich die Männlichkeit reformiert. COWPER.

BOSTON:

CALVIN F. S. THOMAS..... DRUCKER.

. . . .

1827.

Inhaltsverzeichnis

[Vorwort]

Tamerlane

FLÜCHTIGE STÜCKE.

Zu —— [Lied]

Träume

Besuch der Toten [Geister der Toten]

Abendstern

Nachahmung

Ohne Titel [Strophen] ["In meiner Jugend habe ich gewusst …"]

Ohne Titel [Ein Traum] ["Ein wildes Wesen von meiner Geburt an …"]

Ohne Titel [Der glücklichste Tag] ["Der glücklichste Tag – die glücklichste Stunde …"]

Der See

VORWORT.

Der größte Teil der Gedichte, aus denen dieses kleine Band besteht, ist im Jahre 1821/22 geschrieben worden, als der Verfasser sein vierzehntes Jahr noch nicht vollendet hatte. Sie waren natürlich nicht zur Veröffentlichung bestimmt; Warum sie jetzt veröffentlicht werden, betrifft niemanden außer ihm selbst. Von den kleineren Stücken braucht sehr wenig gesagt zu werden; sie schmecken vielleicht zu sehr nach Egoismus; aber sie wurden von einem geschrieben, der zu jung war, um irgend etwas von der Welt zu kennen, außer aus seiner eigenen Brust.

In Tamerlan hat er sich bemüht, die Torheit zu entlarven, selbst die besten Gefühle des Herzens am Heiligtum des Ehrgeizes aufs Spiel zu setzen. Er ist sich bewußt, daß darin viele Fehler enthalten sind (abgesehen von dem des allgemeinen Charakters des Gedichts), von denen er sich schmeichelt, daß er sie mit wenig Mühe hätte korrigieren können, aber im Gegensatz zu vielen seiner Vorgänger hat er seine frühen Werke zu sehr geliebt, um sie in seinem Alter zu verbessern.

Er wird nicht sagen, daß ihm der Erfolg dieser Gedichte gleichgültig sei – er könnte ihn zu anderen Versuchen anspornen –, aber er kann mit Sicherheit behaupten, daß ein Mißerfolg ihn bei einem bereits angenommenen Entschluß durchaus nicht beeinflussen wird. Das ist eine herausfordernde Kritik – lass es so sein. Nos hæc novimus esse nihil.

TAMERLANE.

I.

Ich habe nach dir geschickt, heiliger Mönch;
Aber es war nicht mit der trunkenen Hoffnung,
Was nichts anderes ist als die Qual der Begierde
Dem Schicksal zu entfliehen, mit dem man fertig werden muss
Ist mehr, als das Verbrechen zu träumen wagt,
Den ich dich zu dieser Stunde gerufen habe,
Ein solcher Vater ist nicht mein Thema.
Ich bin auch nicht verrückt, wenn ich diese Macht für halte
Von der Erde möge mich die Sünde schrumpfen
Überirdischer Stolz hat sich geredet in -
Ich würde dich nicht dumm nennen, alter Mann,
Aber die Hoffnung ist nicht dein Geschenk;
Wenn ich hoffen kann (O Gott! Ich kann)
Er fällt von einem ewigen Schrein.

II.

Die fröhliche Mauer dieses bunten Turms
Wird dunkel um mich herum – der Tod ist nahe.
Ich hatte nicht gedacht, bis zu dieser Stunde
Wenn es von der Erde weggeht, wird dieses Ohr
Von irgendeinem, wäre es nicht der Schatten
Von einem, den ich im Leben gemacht habe
Alles Geheimnis, nur ein einfacher Name,
Könnte das Geheimnis eines Geistes kennen
Beugte sich in Kummer und Scham. —
Hast du eine Schande gesagt?

Ja, ich habe geerbt
Dieser Hass mit dem Ruhm,
Die weltliche Herrlichkeit, die
Ein Dämonenlicht um meinen Thron,
Er versengte mein versengtes Herz mit einem Schmerz
Nicht die Hölle wird mich wieder fürchten lassen.

III.

Ich bin nicht immer so gewesen wie jetzt ...
Das fieberhafte Diadem auf meiner Stirn
Ich beanspruchte und gewann usurpatorisch ...
Ja — das gleiche Erbe hat
Rom dem Caesar – das für mich;
Das Erbe eines königlichen Geistes ...
Und ein stolzer Geist, der
Triumphierend mit der Menschheit.

In der Bergluft zeichnete ich zuerst Leben;
Die Nebel des Taglay haben sich vergossen
Nachts fällt ihr Tau auf mein junges Haupt;
Und mein Gehirn trank damals ihr Gift,
Wenn nach dem Tag des gefährlichen Kampfes
Mit Gämse würde ich seine Höhle besetzen
Und schlummere, in meinem Stolz der Macht,
Der junge Monarch der Stunde ...
Denn mit dem Bergtau in der Nacht,
Meine Seele saugte unheilige Gefühle auf;
Und ich würde spüren, wie seine Essenz stiehlt
In Träumen über mich — während das Licht
Blitzend aus Wolken, die über ihm schwebten,
Scheint meinem halb geschlossenen Auge
Der Prunk der Monarchie!
Und des tiefen Donners widerhallendes Getöse
Kam eilig auf mich zu und erzählte mir,
Von Krieg und Tumult, wo meine Stimme
Meine eigene Stimme, dummes Kind, schwoll an
(O wie würde sich mein wildes Herz freuen,
Und springe bei dem Schrei in mich hinein)
Der Schlachtruf des Sieges!

IV.

Der Regen fiel auf mein Haupt
Aber kaum geschützt - und der Wind
Ging schnell an mir vorbei – aber mein Verstand
War wahnsinnig – denn es war der Mann, der vergossen hat
Lorbeeren auf mir – und der Rausch,
Der Strom der kalten Luft
Gurgelte in meinem flehenden Ohr das Krachen [[quetsch]]
Von Reichen, mit dem Gebet des Gefangenen,
Das Summen der Freier, der gemischte Ton
Von flach um den Thron eines Souveräns.

Der Sturm hatte aufgehört – und ich erwachte ...
Sein Geist wiegte mich in den Schlaf,
Und als es an mir vorüberging, brach es
Seltsames Licht auf mir, obgleich es wäre
Meine Seele im Mysterium zum Schlafen [[steil]]:
Denn ich war nicht mehr, wie ich gewesen war;
Das Kind der Natur, ohne Sorge,
Oder Gedanken, abgesehen von der vorbeiziehenden Szene. —

V.

Meine Leidenschaften, seit jener unglückseligen Stunde,
Usurpierte eine Tyrannei, die die Menschen
Habe gedacht, seit ich zur Macht gestrebt habe
Meine angeborene Natur — sei es so:
Aber, Vater, es lebte einer, der damals ...
Dann, in meiner Knabenzeit, als ihr Feuer
Verbrannt mit einem noch intensiveren Glühen;
(Denn Leidenschaft muss mit der Jugend vergehen)
Ev'n denn, wer hielt dieses eiserne Herz für
An der Schwäche der Frau hatte die Schwäche eine Rolle.

Mir fehlen die Worte, ach! zu erzählen
Die Liebenswürdigkeit, gut zu lieben!
Ich würde es auch nicht wagen, den Versuch zu unternehmen,
Die atmende Schönheit eines Gesichts,
Die meinem leidenschaftlichen Gemüt vor Augen führt,
Hinterlässt nicht sein Gedächtnis.
Im Frühling des Lebens habt ihr noch nie gelebt
Irgendein Objekt der Freude,
Mit unerschütterlichem Auge, bis ihr gefühlt habt
Die Erdrolle — und die Vision weg?
Und ich habe mich an das Auge der Erinnerung gehalten
Ein Objekt — und nur eines — bis
Seine Gestalt ist an mir vorübergegangen,
Aber er hinterließ seinen Einfluss immer noch bei mir.

VI.

Dir soll ich nicht nennen ...
Du kannst nicht – würdest nicht zu denken wagen
Das magische Reich der Flamme
Die an diesem gefährlichen Abgrund stehen,
Hat meine Seele geheilt, wenn auch unversöhnlich,
Durch das, was es an Leidenschaft verlor – Heav'n.
Ich liebte – und oh, wie zärtlich!
Ja! Sie war aller Liebe wert!

So wie es in der Kindheit mein war
Aber dann könnte seine Leidenschaft nicht sein:
Es war so wie die Engelsgeister da oben
Könnte neidisch sein – ihr junges Herz, das Heiligtum,
Auf die meine ganze Hoffnung und mein Gedanke
Waren Weihrauch – damals ein gutes Geschenk –
Denn sie waren kindisch, ohne Sünde,
Rein wie ihre jungen Beispiele lehrten;
Warum habe ich es verlassen und bin umhergetrieben,
Vertraue auf den wankelmütigen Stern in dir [[?]]

VII.

*Wir sind älter geworden und lieben zusammen,
Den Wald und die Wildnis durchstreifen;
Meine Brust ihr Schild bei winterlichem Wetter,
Und wenn der freundliche Sonnenschein lächelte
Und sie würde den Himmel markieren,
Ich sah keinen Himmel, aber in ihren Augen ...
Jede Kindheit kennt das menschliche Herz;
Für die, bei Sonnenschein und im Lächeln,
Abgesehen von all unseren kleinen Sorgen,
Lachend über ihre halb albernen List,
Ich würde mich auf ihre pochende Brust werfen,
Und vergieße meinen Geist in Tränen,
Sie schaute in meinem wilden Auge auf ...
Es war nicht nötig, den Rest zu sprechen ...
Es war nicht nötig, ihre guten Ängste zu beruhigen ...
Sie fragte nicht nach dem Grund dafür.*

*Das heilige Andenken jener Jahre
Kommt zu mir in diesen einsamen Stunden,
Und erscheint mit süßer Lieblichkeit
Wie der Duft seltsamer Sommerströme;
Von Strömungen, die wir schon früher gekannt haben
In der Kindheit, die gesehen, erinnern
Zu denken – nicht nur Flüsse – sondern mehr
Unser irdisches Leben und unsere Liebe – und alles.*

VIII.

Ja! Sie war aller Liebe wert!
Ev'n wie aus der verfluchten Zeit
Mein Geist strebte mit dem Sturm,
Wenn man allein auf dem Berggipfel ist,
Der Ehrgeiz verlieh ihm einen neuen Ton,
Und befahl ihm, zuerst vom Verbrechen zu träumen,
Meine Phrenzy an ihrer Brust lehrte:
Wir waren noch jung: kein reinerer Gedanke
Wohne in der Brust eines Seraph als deiner;
Denn die leidenschaftliche Liebe ist noch göttlich:
Ich liebte sie, wie ein Engel es tun würde
Mit dem Strahl des alles lebendigen Lichtes
Der auf Edis' Schrein lodert.
Es ist gewiß keine Sünde,
Mit solchen, die ich bin – dieser mystischen Flamme,
Ich hatte kein Wesen als in dir!
Die Welt mit all ihrem Gefolge von hellen
Und glückliche Schönheit (denn für mich)
Alles war ein undefinierbares Vergnügen)
Die Welt – ihre Freude – ihr Anteil am Schmerz
Was ich nicht fühlte – seine körperlichen Formen
Von mannigfaltigem Wesen, die
Die körperlosen Geister der Stürme,
Der Sonnenschein und die Ruhe – das Ideal
Und flüchtige Eitelkeiten von Träumen,
Furchtbar schön! Das echte
Nichts vom Wachleben am Mittag ...
Von einem verzauberten Leben, das scheint,
Jetzt, wenn ich zurückblicke, wird der Streit
Von einem bösen Dämon, mit einer Macht
Die mich in einer bösen Stunde verließ,
Alles, was ich fühlte oder sah oder dachte,
Gedränge, verwirrt wurde
(Mit deiner überirdischen Schönheit beladen)
Du – und das Nichts eines Namens.

IX.

Der leidenschaftliche Geist, der erkannt hat,
Und fühlte tief den stillen Ton
Von seiner eigenen Selbstüberlegenheit, -
(So offen spreche ich zu dir,
Es wäre eine Torheit , jetzt einen Gedanken zu verhüllen
Womit diese schmerzende, [[sic]] Brust behaftet ist)
Die Seele, die ihr angeborenes Recht fühlt -
Das mystische Reich und die hohe Macht
Gegeben von der energischen Macht
des Genies, in seiner Geburtsstunde;
Die weiß [glaub mir in dieser Zeit,
Als die Lüge ein zehnfaches Verbrechen war,
Im hohen Geist liegt eine Kraft
Um das Schicksal zu kennen, das es erben wird]
Die Seele, die eine solche Macht kennt, wird noch
Finde den Stolz den Herrscher seines Willens.

Ja! Ich war stolz – und ihr, die ihr wisst,
Die Magie dieses bedeutungsvollen Wortes,
So oft pervers, wird geben
Eure Verachtung vielleicht, wenn ihr
Dass der stolze Geist gebrochen war,
Das stolze Herz zerspürte in Todesangst
Bei einem beleidigenden Wort oder Zeichen
Von ihr, dem Götzendienst jenes Herzens –
Ich war ehrgeizig – wusstet ihr,
Seine feurige Leidenschaft? – ihr habt nicht –
Ein Häusler, ich habe einen Thron markiert
Von der halben Welt, wie von der ganzen meinen,
Und murrte über solch ein niedriges Los!
Aber es war mir wie ein Traum vorübergegangen

Die mit leichtem Schritt mit dem Tau fliegt,
Dieser entzündende Gedanke – tat nicht der Balken
Of Beauty, die es durch die
Der lebenslange Sommertag, unterdrücken
Mein Gemüt mit doppelter Liebenswürdigkeit –

X.

Wir gingen zusammen auf der Krone
Von einem hohen Berg, der herabblickte
Weit weg von seinen stolzen Naturtürmen
Von Fels und Wald, auf den Hügeln -
Die schrumpfenden Hügel, von denen aus sie inmitten von Lauben
Ihre eigene schöne Hand hatte sich aufgebäumt,
Ergossen brüllend tausend Rillen,
Die gleichsam märchenhaft gebunden sind
Umarmten zwei Weiler — die unsrigen —
Friedlich glücklich – und doch allein –
Ich sprach zu ihr von Macht und Stolz ...
Aber mystisch, in solcher Gestalt,
Damit sie es für nichts anderes halte als
Das Gespräch des Augenblicks, in ihren Augen
Ich las [vielleicht zu nachlässig]
Ein Gefühl, das sich mit meinem eigenen vermischte;
Die Röte auf ihrer hellen Wange, zu mir,
Schien ein königlicher Thron zu werden
Zu gut, dass ich es sein ließe
Ein Licht im Dunkeln, wild, allein.

XI.

Da – in dieser Stunde – kam mir ein Gedanke
Mein Verstand, er hatte vorher nicht gewusst ...
Sie zu verlassen, als wir beide jung waren, –
Meinem hohen Schicksal zu folgen unter
Der Streit der Nationen und erlöse
Die leeren Worte, die wie ein Traum
Nun ertönte es in ihr achtloses Ohr –
Ich hatte keinen Zweifel – ich kannte keine Furcht
Von Gefahren in meiner wilden Laufbahn;
Um ein Reich zu erlangen und
Als Hochzeitsmitgift — die Krone der Königin[[,]]
Das einzige Gefühl, das besitzt,
Mit ihrem eigenen Bilde, meiner zärtlichen Brust ...
Wer, der den geheimen Gedanken gekannt hatte,
Von dem Busen eines jungen Bauern also,
Hatte ihn in Mitleid für nichts gehalten,
Aber einer, den die Phantasie verführt hatte
Irre von der Vernunft — Unter den Menschen
Ehrgeiz wird in Ketten gelegt – und auch nicht gefüttert
[Wie in der Wüste, wo das Großartige,
Das Wilde, das Schöne verschwören sich
Mit ihrem eigenen Atem, um sein Feuer zu entfachen]
Mit Gedanken kann ein solches Gefühl gebieten;
Ungehindert von Sarkasmus und Verachtung
Von denen, die kaum schwanger werden werden
Dass jeder "groß" werden sollte, geboren
In ihrer eigenen Sphäre – werden nicht glauben
Dass sie sich im Leben zu einem herabbeugen
Wen sie täglich zu sehen pflegen
Vertraut — wen Des Schicksals Sonne
Hat noch nie blendend geleuchtet
Niedrig – und in ihrem eigenen Grade –

XII.

Ich malte es mir vor meinem Phantasieauge aus
Ihr stilles, tiefes Erstaunen,
Als vor ein paar flüchtigen Jahren
(Für kurze Zeit lieh meine große Hoffnung
Zu seiner verzweifeltsten Absicht,)
Sie mochte sich an ihn erinnern, den Ruhm
Hatte sich mit dem Namen eines Eroberers vergoldet,
(Mit Ruhm – solchen, die inspirieren könnten
Notgedrungen, ein flüchtiger Gedanke von einem,
Den sie in seinem eigenen Feuer gehalten hatte
Verdorrt und gesprengt; die gegangen waren,
Ein Verräter, ein Verletzer der Wahrheit
So bedrängt in seiner frühen Jugend,)
Ihr eigener Alexis, der in Not geraten sollte
Die Liebe, die er damals empfand ,
Und die Freude seiner Kindheit erhebt,
Die Braut und Königin von Tamerlan ...

XIII.

Ein Mittag an einem strahlenden Sommertag
Ich ging aus dem verfilzten Bug heraus
Wo in einem tiefen, stillen Schlaf lag
Meine Ada. In jener friedlichen Stunde,
Ein stummer Blick war mein Abschied.
Ich hatte keinen anderen Trost – damals
Wecke sie, und eine Lüge sagt
Von einer vorgetäuschten Reise, waren wieder
Der Schwäche meines Herzens zu vertrauen
Zu ihrer sanften, erregenden Stimme: Zum Abschied
So träumte sie glücklich im Schlafe
Von langer Freude, noch hatte ich es noch für möglich gehalten,
Wach, dass ich einen Gedanken hegte
Vom Abschied waren sie mit Wahnsinn behaftet;
Ich kannte das Herz eines Weibes nicht, ach!
Du hast geliebt und geliebt – laß es vorübergehen.

XIV.

Ich verließ den verfilzten Bug,
Und eilte wie verrückt auf meinem Weg:
Und fühlte, mit jeder fliegenden Stunde,
Die mich von zu Hause forttrugen, noch heiterer;
Es gibt von der Erde eine Qual
Was, ideal, immer noch sein kann
Das schlimmste Übel der Sterblichkeit,
Es ist Glückseligkeit, in seiner eigenen Wirklichkeit,
Zu real, für seine Brust, die lebt
Nicht in sich selbst, sondern gibt
Ein Teil seiner willigen Seele
Zu Gott und zum großen Ganzen …
Zu ihm, dessen liebender Geist wohnen wird
Mit der Natur, auf ihren wilden Pfaden; erzählen
Von ihren wundersamen Wegen und dem Segen
Ihre überwältigende Lieblichkeit!
Eine mehr als Qual für ihn
Deren schwindende Sehkraft trüben wird
Mit seinem eigenen lebendigen Blick auf
Diese Lieblichkeit um: die Sonne …
Der blaue Himmel – das neblige Licht
Von der bleichen Wolke darin, deren Farbe
Ist Gnade auf seinem wogenden blauen Bett;
Abblenden! Du siehst alles hell an!
O Gott! wenn die Gedanken, die vielleicht nicht vorübergehen,
Wird über ihn hereinbrechen, und ach!
Für den Flug auf der Erde nach Fancy giv'n,
Es gibt keine Worte – außer von Heav'n.

XV.

Sieh dich jetzt um auf Samarkand,
Ist sie nicht die Königin der Erde? Ihr Stolz
Vor allem Städte? in ihrer Hand
Ihr Schicksal? mit allen daneben
Von Herrlichkeit, die die Welt gekannt hat?
Steht sie nicht stolz und allein?
Und wer ist ihr Souverän? Timur he
Wen die erstaunten Erde gesehen hat,
Mit Sieg, über Sieg,
Verdoppelung des Alters! und mehr, ich war,
Der Ruhm der Zinghis, der immer noch nachhallt.
Und was hat er nun? was! einen Namen.
Der Klang des Feierns bei Nacht
Kommt zu mir, mit der vermischten Stimme
Von vielen mit einer Brust so leicht,
Als ob es nicht die Stunde des Todes wäre
Von einem, an dem sie sich freuten -
Wie in einem Führer, haply ... Macht
Sein Gift verbreitet heimlich;
Nichts habe Ich mit Menschenherzen.

XVI.

Als das Schicksal mich für sich beschied,
Und meine stolzen Hoffnungen hatten einen Thron erreicht,
(Es tut mir nicht gut, guter Mönch, zu sagen,
Eine Geschichte, die die Welt aber [[zu]] gut kennt,
Wie durch welche verborgenen Taten der Macht,
Ich kletterte in die schwankende Höhe,
Ich war noch jung; und naja, ich ween
Mein Geist, was er gewesen war.
Meine Augen waren noch immer auf Pomp und Macht gerichtet,
Mein wilderes Herz war weit weg,
In den Tälern des wilden Taglay,
In meinem eigenen Ada's verfilztem Bug'r.
Ich wohnte nicht lange in Samarcand
Ere, in der bescheidenen Gestalt eines Bauern,
Ich suchte mein lange verlassenes Land,
Bei Sonnenuntergang erhoben sich seine Berge
In düsterer Pracht vor meinen Augen:
Aber als ich auf dem Wege umherirrte
Mein Herz sank mit dem Sonnenstrahl.
Zu ihm, der noch immer auf ihn blicken würde,
Die Pracht der Sommersonne,
Da kommt, wenn die Sonne von ihm scheiden wird,
Eine mürrische Hoffnungslosigkeit des Herzens.
Diese Seele wird den aufziehenden Nebel hassen
So oft schön, und wird lispeln [[Liste]]
Zum Klang der kommenden Dunkelheit [bekannt
Zu denen, deren Geist eins ist
Die in einem Traum der Nacht fliegen würden
Kann aber nicht aus der Nähe einer Gefahr kommen.
Was ist mit dem Mond – dem silbrigen Mond
Leuchte auf seinem Weg, in ihrem hohen Mittag;

*Ihr Lächeln ist kühl und ihr Strahlen
In dieser Zeit der Tristesse wird es scheinen,
Als das Porträt eines Menschen nach dem Tod;
Eine Ähnlichkeit, die aufgenommen wird, wenn der Atem
Von jungem Leben und dem Feuer des Auges
War vor kurzem gewesen, aber vorbeigegangen.
So ist es, wenn die liebliche Sommersonne
Von unserer Knabenzeit ist sein Lauf verlaufen:
Denn alles, was wir zu wissen leben, ist bekannt;
Und alles, was wir zu bewahren suchen, ist geflogen;
Mit der Mittagsschönheit, die alles ist.
Laß also das Leben, wie der Tag dahinfließen, fallen —
Der flüchtige, leidenschaftliche Dayflow'r,
Verwelkt zur letzten Stunde.*

XVII.

*Ich erreichte meine Heimat – meine Heimat nicht mehr –
Denn es wurden alle geflogen, die es so machten ...
Ich ging durch seine moosbewachsene Tür,
In leerem Müßiggang des Leids.
Dort begegnete ich mir auf seinem Schwellenstein
Einen Gebirgsjäger, den ich gekannt hatte
In der Kindheit, aber er kannte mich nicht.
Er sprach etwas über das alte Kinderbett:
Es habe schon bessere Tage gesehen, sagte er;
Da entsprang einmal ein Brunnen, und dort
Voll erhob mancher schöne Strom sein Haupt:
Aber sie, die sie aufzog, war schon lange tot,
Und an solchen Torheiten hatten sie keinen Anteil,
Was blieb mir jetzt übrig? Verzweiflung —
Ein Königreich für ein gebrochenes Herz.*

BIS — —

Ich habe dich am Brauttag gesehen;
Als eine brennende Röte über dich kam,
Das Glück um dich herum lag,
Die Welt liebt vor dir.

Und in deinem Auge das entzündende Licht
Von junger Leidenschaft frei
War ganz auf Erden, mein gekettetes Visier
Von Lieblichkeit sehen könnte.

Dieses Erröten, wie ich war, war eine jungfräuliche Schande:
Als solches kann es durchaus passieren:
Obwohl seine Glut eine heftigere Flamme entfacht hat
In seiner Brust, ach!

der an jenem Brauttag den [[dich]] sah,
Wenn diese tiefe Röte über dich käme, –
Das Glück lag um dich herum;
Die ganze Welt liebt vor dir. —

TRÄUME.

Oh! dass mein junges Leben ein bleibender Traum wäre!
Mein Geist erwacht nicht, bis der Strahl
Von einer Ewigkeit sollte der Morgen bringen.
Ja! obwohl dieser lange Traum von hoffnungslosem Kummer wäre.
Es wäre besser als die kalte Wirklichkeit,
des wachen Lebens für den, dessen Herz sein muss,
Und ist still gewesen, auf der lieblichen Erde,
Ein Chaos tiefer Leidenschaft, von seiner Geburt an.
Aber sollte es so sein – dieser Traum für immer
Weitermachen – wie Träume für mich waren
In meiner jungen Knabenzeit – sollte es so gegeben werden,
Es wäre immer noch eine Torheit, auf höhere Höhen zu hoffen.
Denn ich habe geschwächt, als die Sonne hell war
Im Sommerhimmel, in Träumen von lebendigem Licht.
Und Lieblichkeit, – haben mein Herz verlassen,
Neigungen meiner imaginären [[In Gefilden meiner Vorstellungen]]
auseinander
Aus meiner eigenen Heimat, mit Wesen, die
Von meinen eigenen Gedanken – was hätte ich noch sehen können?
Es war einmal – und nur einmal – und die wilde Stunde
Von meiner Erinnerung wird nicht vergehen – irgendein Vermögen
Oder ein Zauber hatte mich gefesselt – es war der kalte Wind
Kam in der Nacht zu mir und ließ mich zurück
Sein Bild auf meinem Geist – oder dem Mond
Schien auf meinen Schlummer in ihrem erhabenen Mittag [Seite 27:]
Zu kalt – oder die Sterne – wie auch immer es war
Dieser Traum war wie dieser Nachtwind – lass ihn vorüberziehen.
Ich bin glücklich gewesen, wenn auch in einem Traum.

25

Ich habe mich gefreut – und ich liebe das Thema:
Träume! in ihrer lebendigen Färbung des Lebens
Wie in diesem flüchtigen, schattenhaften, nebligen Kampf
Von Ähnlichkeit mit der Wirklichkeit, die
Für das wahnsinnige Auge gibt es noch mehr Schönes
Vom Paradies und der Liebe – und von uns ganz eigen!
Als die junge Hoffnung in ihrer sonnigsten Stunde gewusst hat.

BESUCH DER TOTEN.

Deine Seele wird sich allein finden -
Allein von allen auf Erden – unbekannt
Die Ursache – aber keine ist auch nur annähernd neugierig
In deine Stunde der Geheimhaltung.
Schweige in dieser Einsamkeit,
Was keine Einsamkeit ist – denn dann
Die Geister der Toten, die
Im Leben vor dir, sind wieder
Im Tod um dich und in ihrem Willen
Wirst du denn beschatten – still sein
Denn die Nacht, wenn auch klar, wird die Stirn runzeln: [Seite 28:]
Und die Sterne werden nicht herabschauen
Von ihren Thronen, in der Finsternis;
Mit Licht wie Hoffnung den Sterblichen,
Aber ihre roten Kugeln, ohne Strahl,
Deinem verdorrenden Herzen wird es scheinen,
Als ein Brennen und ein Eifer [[Fieber]]
Die für immer an dir haften würde.
Aber er wird dich verlassen, wie jeder Stern
Im Morgenlicht in der Ferne
Wird dich fliegen - und verschwinden:
– Aber seinen Gedanken kannst du nicht verbannen.
Der Atem Gottes wird still sein;
Und der Wunsch auf dem Hügel
Von dieser Sommerbrise ungebrochen
Soll dich bezaubern - als Zeichen,
Und ein Symbol, das
Geheimhaltung in dir.

ABENDSTERN.

Es war Mittag des Sommers,
Und mitten in der Nacht;
Und Sterne, in ihren Bahnen,
Leuchtete bleich durch das Licht
Von dem helleren, kalten Mond, [Seite 29:]
"Mitten auf den Planeten ihre Sklaven,
Sie selbst in den Himmeln,
Ihr Strahl auf den Wellen.
Ich guckte eine Weile
Auf ihr kaltes Lächeln;
Zu kalt – zu kalt für mich ...
Da ging wie ein Leichentuch vorüber,
Eine flauschige Wolke,
Und ich wandte mich dir zu,
Stolzer Abendstern,
In deiner Herrlichkeit in der Ferne,
Und teurer wird dein Balken sein;
Zur Freude in meinem Herzen
Ist der stolze Teil
Du trägst in der Nacht im Heben,
Und noch mehr bewundere ich
Dein fernes Feuer,
Als dieses kältere, schwache Licht.

NACHAHMUNG.

Eine dunkle, unergründliche Flut
Von unendlichem Stolz -
Ein Mysterium und ein Traum,
Sollte mein frühes Leben erscheinen; [Seite 30:]
Ich sage, dieser Traum war schwer
Mit einem wilden, wachen Gedanken
Von Wesen, die gewesen sind,
Die mein Geist nicht gesehen hat, [[.]]
Hätte ich sie an mir vorbeiziehen lassen,
Mit einem träumenden Auge!
Niemand von der Erde soll erben
Diese Vision auf meinem Geist;
Diese Gedanken würde ich [[Kontrolle]] bekämpfen,
Wie ein Zauber auf seiner Seele:
Für die helle Hoffnung endlich,
Und dass die Lichtzeit vergangen ist,
Und meine weltliche Ruhe ist verschwunden
Mit einem Anblick [[seufz]] als er vorüberging,
Es ist mir egal, ob es zugrunde geht
Mit einem Gedanken, den ich damals hegte, [[.]]

[[Strophen]]

Wie oft vergessen wir alle Zeit, wenn wir einsam sind
Den universellen Thron der Natur bewundernd;
Ihre Wälder – ihre Wildnis – ihre Berge – die intensiven
Antwort von HERS auf UNSERE Intelligenz!

1.
In meiner Jugend habe ich einen gekannt, mit dem die Erde
In geheimer Kommunion gehalten - wie er mit ihr,
Im Tageslicht und in der Schönheit von Geburt an:
Dessen glühende, flackernde Fackel des Lebens entzündet wurde
Von der Sonne und den Sternen, aus denen er hervorgeschöpft hatte
Ein leidenschaftliches Licht, ein solches für seinen Geist, war tauglich -
Und doch wußte dieser Geist – nicht in der Stunde
Aus seiner eigenen Inbrunst – was hatte seine Macht.

2.
Vielleicht ist mein Verstand zerrt
Zu einem Fieber am Mondstrahl, der über ihm hängt,
Aber ich will halb glauben, dass wildes Licht beladen ist
Mit mehr Souveränität als uralten Überlieferungen
Hat jemals erzählt – oder ist es ein Gedanke,
Die unverkörperte Essenz und nicht mehr
Die mit einem schnellen Zauber an uns vorübergeht
Wie Tau der Nacht, über dem Sommergras.

3.
Vergehen wir, wenn, wie das sich ausdehnende Auge,
Auf das geliebte Objekt — so die Träne auf den Deckel
Wird anfangen, wer in letzter Zeit in Apathie schlief?
Und doch muss es nicht sein – (jenes Objekt) verborgen
Von uns im Leben — aber gewöhnlich — das liegt
Jede Stunde vor uns – aber dann nur geboten
Mit einem seltsamen Klang, wie von einer zerrissenen Harfensaite
T' wecke uns — es ist ein Symbol und ein Zeichen. [[,]]

4.
Von dem, was in anderen Welten sein wird – und
In Schönheit durch unseren Gott, für die allein [
Die sonst aus dem Leben fallen und sich heben würden.
Angezogen von der Leidenschaft ihres Herzens und diesem Ton,
Der hohe Ton des Geistes, der
Aber nicht mit dem Glauben – mit der Frömmigkeit –, deren Thron
Mit verächtlicher Energie hat er nicht niedergeschlagen;
Er trägt sein eigenes tiefes Gefühl wie eine Krone.

[[Ein Traum]]

Ein wildes Wesen von meiner Geburt an
Mein Geist verschmähte die Herrschaft,
Aber jetzt, draußen auf der weiten Erde,
Wo ruhst du, meine Seele?

In Visionen der dunklen Nacht
Ich habe von der fortgegangenen Freude geträumt -
Aber ein Wachtraum von Leben und Licht
Hat mich mit gebrochenem Herzen zurückgelassen.

Und was ist nicht ein Traum am Tag?
Zu dem, dessen Augen gerichtet sind
Mit einem Strahl auf die Dinge um ihn herum
Kehren Sie in die Vergangenheit zurück?

Dieser heilige Traum – dieser heilige Traum,
Während die ganze Welt tadelte,
Hat mich aufgemuntert wie ein lieblicher Strahl
Ein einsamer Geist, der leitet -

Was ist das für ein Licht, durch die neblige Nacht
So schwach leuchtete in der Ferne ...
Was könnte es reiner Helles geben
In den Tagen der Wahrheit – Stern?

[[Der glücklichste Tag]]

Der glücklichste Tag – die glücklichste Stunde
Mein versengtes und verdorbenes Herz hat gewusst,
Die höchste Hoffnung des Stolzes und der Macht,
Ich fühle, dass er geflogen ist.

Von Macht! sagte ich? ja! so ween ich
Aber sie sind schon lange verschwunden, ach!
Die Visionen meiner Jugend waren ...
Aber lassen wir sie vorübergehen.

Und, Stolz, was habe ich denn denn mit dir?
Eine andere Braue kann ev'n erben
Das Gift, das du über mich ausgegossen hast –
Sei still, mein Geist.

Der glücklichste Tag – die glücklichste Stunde
Meine Augen werden sehen – haben sie je gesehen
Der hellste Blick des Stolzes und der Macht
Ich fühle – war.

Aber war diese Hoffnung auf Stolz und Macht
Jetzt angeboten, mit dem Schmerz
Ev'n da fühlte ich – diese hellste Stunde
Ich würde nicht mehr leben:

Denn auf seinem Flügel befand sich eine dunkle Legierung
Und wie es flatterte – fiel [Seite 34:]
Eine Essenz – mächtig zu zerstören
Eine Seele, die es gut wusste.

DER SEE.

Im Frühling der Jugend war es mein Los
Um auf der weiten Erde einen Fleck zu spuken
Das, was ich nicht weniger lieben konnte;
So schön war die Einsamkeit
Von einem wilden See, mit schwarzem Gestein gebunden.
Und die hohen Kiefern, die ringsum aufragten.
Aber als die Nacht ihre Blase geworfen hatte,
An diesem Ort – wie auf allen,
Und der Wind würde an mir vorbeiziehen
In seiner stillen Melodie
Mein Kindergeist würde erwachen
Zum Schrecken des einsamen Sees.
Doch dieser Schrecken war kein Schrecken ...
Aber ein zitterndes Entzücken,
Und ein undefiniertes Gefühl,
Er entspringt einem verdunkelten Geist.
Der Tod war in dieser vergifteten Welle
Und in seinem Golf ein passendes Grab
Für den, der von dort Trost bringen könnte,
Zu seiner düsteren Phantasie;
Deren wilde Gedanken sogar
Ein Eden dieses düsteren Sees.

AL AARAAF,

TAMERLANE

UND

KLEINERE GEDICHTE.

VON EDGAR A. POE.

BALTIMORE:

SCHLÜPFEN & DÜNEN.

1829.

Inhaltsverzeichnis

AL AARAAF.

[Sonett — An die Wissenschaft]
Al Aaraaf - Teil I
Al Aaraaf - Teil II

TAMERLANE.

[Vormaterial]
Tamerlane

VERSCHIEDENE GEDICHTE.

[Vormaterial]
Vorwort[Romantik]
1. Bis ——["Sollte mein frühes Leben..."]
2. Bis ——[Lied]
3. Bis ——["Die Lauben hören, in Träumen sehe ich..." (Zu Elmira?)]
4. Zum Fluss ——
5. Der See — Bis —[Der See]
6. Geister der Toten
7. Ein Traum
8. An M...
9. Märchenland

[Sonett — An die Wissenschaft]

WISSENSCHAFT! triff die Tochter der alten Zeit, die du bist
Der mit deinen spähenden Augen alles verändert!
Warum machst du so Jagd auf des Dichters Herzen,
Geier! deren Flügel dumpfe Realitäten sind!
Wie sollte er dich lieben — oder wie sollte er dich für weise halten
Wer würde ihn nicht verlassen, auf seiner Wanderung,
In den Himmeln des Schmucks nach Schätzen zu suchen
Obwohl, er sich mit einem unerschrockenen Flügel erhebt?
Hast du Diana nicht aus ihrem Wagen gezerrt,
Und die Hamadryade aus dem Wald gezogen
Einen Zufluchtsort in einem glücklicheren Stern zu suchen?
Die sanfte Najade aus ihrer Brunnenflut?
Die Elfe aus dem grünen Gras? und von mir
Der Sommertraum unter dem Gebüsch?

AL AARAAF.

Teil I.

O! NICHTS Irdisches außer dem Strahl
[Von Blumen zurückgeworfen] des Auges der Schönheit,
Wie in jenen Gärten, in denen der Tag
Entspringt den Edelsteinen von Circassy —
O! Nichts Irdisches außer dem Nervenkitzel
Von der Melodie im Waldrand —
Oder [Musik der Leidenschaftsbegeisterten]
Joys Stimme verschwand so friedlich
Dass wie das Gemurmel in der Schale,
Sein Echo wohnt und wird wohnen -
Ohne etwas von der Schlacke von uns …
Doch all die Schönheit — all die Blumen
Die unsere Liebe auflisten und unsere Lauben schmücken
Schmückt jene Welt fern, fern …
Der wandernde Stern —

Es war eine süße Zeit für Nesace – denn dort
Ihre Welt räkelte sich in der goldenen Luft,
In der Nähe von vier hellen Sonnen – eine vorübergehende Pause –
Ein Gartenfleckchen in der Wüste der Seligkeit.

Weg — fort — mitten in den [['Mitte]] Meeren von Strahlen, die rollen
Empyrianischer Glanz über der entfesselten Seele -
Die Seele, die knapp ist [die Wogen sind so dicht]
Kann sich zu seiner bestimmungsvollen Stellung kämpfen -
In ferne Sphären ritt sie von Zeit zu Zeit,
Und spät zu unserem, dem Begünstigten Gottes –
Aber jetzt, der Herrscher eines verankerten Reiches,
Sie wirft das Zepter beiseite – verlässt das Ruder,
Und inmitten von Weihrauch und hohen geistlichen Hymnen,
Laves in vierfachem Licht ihre Engelsglieder.

Jetzt bist du glücklich, lieblichst auf deiner schönen Erde,
Daraus entstand die "Idee der Schönheit".
[In Kränzen durch manchen erschrockenen Stern fallend,
Wie Frauenhaar in der Mitte Perlen, bis in der Ferne,
Es leuchtete auf den Hügeln von Archaian, und dort wohnte]
Sie blickte in die Unendlichkeit – und kniete nieder.
Reiche Wolken, als Baldachin, um sie gekräuselt –
Passende Embleme des Models ihrer Welt ...

*Gesehen, aber in Schönheit – nicht behindernd für das Sehen
Von anderer Schönheit, die durch das Licht glitzert -
Ein Kranz, der jede Sternengestalt umrankte,
Und die ganze opalfarbene Luft in Farbe gebunden.*

*Hastig kniete sie auf einem Bett nieder
Von Blumen: von Lilien, wie sie den Kopf bedecken
*Auf den schönen Capo Deucato und sprang
So eifrig herum, kurz vor dem Hängen
Auf den fliegenden Fußstapfen von – tiefem Stolz –
†Von ihr, die einen Sterblichen liebte – und so starb –
Die Sephalica, die von jungen Bienen bepflanzt wird,
Hob seinen purpurnen Stiel um ihre Knie -
‡Und Edelsteinblume von Trapezunt fälschlicherweise genannt —
Insasse der höchsten Sterne, wo es erst beschämt wurde
Alle andere Lieblichkeit: sein gehöhlter Tau
[Der sagenumwobene Nektar, den die Heiden kannten]
Wahnsinnig süß, wurde vom Himmel herabgelassen,
Und fiel auf Gärten der Unverzeihlichen
In Trapezunt – und auf einer sonnigen Blume
So wie die Ihrigen oben, daß bis zu dieser Stunde, [Seite 16:]*

**Über Santa Maura — olim Deucadia.*
†*Sappho.*
‡*Diese Blume wird von Lewehoeck und Tournefort sehr beachtet. Die Biene, die sich von ihrer Blüte ernährt, wird berauscht.*

42

Es quält die Biene immer noch
Mit Wahnsinn und ungewohnter Träumerei –
Im Himmel und in seiner ganzen Umgebung wird das Blatt
Und Blüte der Feenpflanze, in Trauer
Trostloses Verweilen – Trauer, die ihr Haupt hängen lässt,
Reuige Torheiten, die längst geflohen sind,
Sie hob ihre weiße Brust in die milde Luft
Wie eine schuldige Schönheit, geläutert und schöner –
Auch Nyktanthes, so heilig wie das Licht
Sie fürchtet sich vor Parfüm, parfümiert die Nacht –
*Und Klytia sinnend zwischen mancher Sonne,
Während kleinliche Tränen über ihre Blütenblätter laufen -
†Und diese aufstrebende Blume, die auf der Erde sprang ...
Und starb, ehe er kaum zur Geburt erhoben wurde,
Sprengt sein duftendes Herz im Geiste bis zu den Flügeln
Sein Weg in den Himmel, aus dem Garten eines Königs -

---

*Clytia — Die Chrysantheme Peruvianum oder, um einen bekannteren Ausdruck zu gebrauchen, die Turnsol, die sich beständig der Sonne zuwendet, bedeckt sich, wie Peru, das Land, aus dem sie kommt, mit taufrischen Wolken, die ihre Blüten während der heftigsten Hitze des Tages kühlen und erfrischen. — B. de. St. Pierre.
†Im Garten des Königs zu Paris wird eine Art von Serpentin-Aloen ohne Stacheln angebaut, deren große und schöne Blüte während der Zeit ihrer Ausdehnung, die sehr kurz ist, einen starken Geruch der Vanille ausströmt – sie bläst erst gegen den Monat Juli – dann sieht man, wie sie allmählich ihre Blütenblätter öffnet – sie ausdehnt – verwelkt und stirbt. — St. Pierre.

* *Und der Valisnerische Lotus flog dorthin*
Vom Kampf mit den Wassern der Rhone ...
†*Und dein lieblichster purpurner Duft, Zante!*
I sola d'oro! — Fior di Levante! —
‡*Und die Nelumbo-Knospe, die ewig schwebt*
Mit dem indischen Amor den heiligen Fluss hinunter -
Schöne Blumen und Fee! deren Pflege
§*Den Gesang der Göttin in Düften in den Himmel zu tragen ...*

"Geist! der am meisten wohnt,
Im tiefen Himmel,
Die schreckliche und gerechte,
Im Schönheitswetteifer!
Jenseits der blauen Linie ...
Die Grenze des Sterns
Der sich bei der Aussicht umdreht
Von deiner Schranke und deinem Riegel –
Von der überwundenen Barriere

**In der Rhône findet man eine schöne Lilie der Valisnerischen Art. Sein Stamm wird sich bis zu einer Länge von drei bis vier Fuß erstrecken und so seinen Kopf in den Schwellungen des Flusses über dem Wasser halten.*
†*Die Hyazinthe.*
‡*Es ist eine Fiktion der Indianer, daß Amor zum ersten Mal in einem dieser Häuser den Ganges hinunter trieb – und daß er die Wiege seiner Kindheit noch liebt.*
§*Und goldene Fläschchen voller Düfte, die die Gebete der Heiligen sind. — Pfarrer St. John.*

Von den Kometen, die geschleudert wurden
Von ihrem Stolz und von ihrem Thron
Bis zum Schluss Plackerei zu sein ...
Träger des Feuers sein
[Das rote Feuer ihres Herzens]
Mit Geschwindigkeit, die nicht ermüden darf
Und mit Schmerz, der nicht scheiden wird –
Wer lebt – den wir kennen –
In der Ewigkeit – fühlen wir –
Aber der Schatten dessen, dessen Stirn
Welcher Geist wird sich offenbaren?
Die Wesen, die deine Nesace
Dein Bote hat gewusst,
Hast für deine Unendlichkeit geträumt
*Ein eigenes Modell ...[Seite 19:]

Die Humanisten vertraten die Ansicht, dass Gott so zu verstehen sei, dass er in Wirklichkeit eine menschliche Gestalt habe. — Vide Clarke's Sermons, Bd. 1, Seite 26, fol.
Die Abweichung von Miltons Argumentation veranlaßt ihn, sich einer Sprache zu bedienen, die auf den ersten Blick an ihre Lehre zu grenzen scheint; Aber man wird sogleich sehen, daß er sich gegen den Vorwurf hütet, einen der unwissendsten Irrtümer des finsteren Zeitalters der Kirche angenommen zu haben. — Dr. Sumner's Notizen über Miltons christliche Lehre.
Diese Meinung konnte, trotz vieler gegenteiliger Zeugnisse, nie sehr allgemein sein. Andeus, ein Syrer aus Messopotamien, wurde für diese Meinung als ketzerisch verurteilt. Er lebte zu Beginn des 4. Jahrhunderts. Seine Schüler wurden Anthropmorphiten genannt. — Vide Du Pin.
Unter Miltons Gedichten finden sich folgende Zeilen:
Dicite sacrorum præsides nemorum Deæ, &c.
Quis ille primus cujus ex imagine
Natura soliert finxit humanum Gattung?
Eternus, incorruptus, æquævus polo
Unusque et universus exemplar Dei. — Und danach,
Non cui profundum Cæcitas lumen dedit
Dircæus augur vidit hunc alto sinu, &c.

Dein Wille ist geschehen, o! Gott!
Der Stern ist hoch geritten
Durch manchen Sturm, aber sie ritt
Unter deinem brennenden Auge
Und hier, in Gedanken, zu dir...
In Gedanken, die allein
Erklimme dein Reich und sei so
Ein Partner deines Thrones
*Von geflügelter Fantasie,
Meine Botschaft ist gegeben
Bis zur Geheimhaltung wird Kenntnis
In der Umgebung des Himmels."

Sie schwieg – und vergrub dann ihre brennende Wange
Beschämt, inmitten der Lilien dort, um zu suchen
Ein Schutz vor der Inbrunst seines Auges
Denn die Sterne zitterten vor der Gottheit.

---

*Seltsamen Tochter Jovis
Seinem Schosskinde
Der Phantasie. — Goethe.

Sie rührte sich nicht – atmete nicht – denn da war eine Stimme
Wie feierlich die ruhige Luft durchdringt
Ein Klang der Stille auf dem erschrocknen Ohr
Welche verträumten Dichter "die Musik der Sphäre" nennen.
Unsere Welt ist eine Welt der Worte: Stille rufen wir
»Schweigen« – das ist das leiseste Wort von allen –
Hier spricht die Natur, und es gibt ideale Dinge
Flattern schattenhafte Klänge von visionären Flügeln —
Aber ach! nicht so, wenn also in den Bereichen der Höhe
Die ewige Stimme Gottes zieht vorüber,
Und die roten Winde verwelken am Himmel!
*"Was ist denn in Welten, in denen blinde Zyklen laufen
Verbunden mit einem kleinen System und einer Sonne
Wo all meine Liebe Torheit ist und die Menge
Denke immer noch an meine Schrecken, aber die Gewitterwolke
Der Sturm, das Erdbeben und der Zorn des Ozeans …
[Ah! werden sie mich auf meinem zornigeren Pfad kreuzen?]
Was ist denn in Welten, die eine einzige Sonne besitzen
Der Sand der Zeit wird dunkler, während er läuft
Doch dein ist mein Glanz, so gegeben
Um meine Geheimnisse durch den oberen Himmel zu tragen,
Verlasse dein christliches Heim ohne Mieter und fliege,

---

*Blindlos – zu klein, um gesehen zu werden. — Legge.

Mit all deinem Gefolge gegen den Mondhimmel –
*Getrennt - wie Glühwürmchen in der sizilianischen Nacht,
Und schwingt zu anderen Welten ein anderes Licht;
Enthülle die Geheimnisse deiner Gesandtschaft
Zu den stolzen Kugeln, die funkeln – und so sein
Jedem Herzen eine Barriere und ein Verbot
Damit die Sterne nicht in der Schuld des Menschen wanken."

Auferstanden das Mädchen in der gelben Nacht,
Der einmondige Vorabend! auf der Erde leiden wir
Unser Glaube an eine Liebe – und eine Mondanbetung –
Die Geburtsstätte der jungen Schönen gab es nicht mehr.
Als dieser gelbe Stern aus den flaumigen Stunden entsprang
Erhob sich die Jungfrau von ihrem Blumenheiligtum,
Und beugte sich über glänzende Berge und düstere Ebenen
†Ihr Weg – verließ aber noch nicht ihre therasäische Herrschaft.

Ich habe oft eine eigentümliche Bewegung des Glühwürmchens bemerkt: Sie sammeln sich in einem Körper und fliegen von einem gemeinsamen Mittelpunkt in zahllose Radien davon.
†Therasäa oder Therasea, die von Seneca erwähnte Insel, die sich in einem Augenblick vor den Augen der erstaunten Seeleute aus dem Meere erhob.

AL AARAAF.

Teil II.

Hoch auf einem Berg von emaillierten Köpfen -
Wie der schläfrige Hirte auf seinem Bett
Von riesigem Weideland, das in seiner Behaglichkeit liegt,
Er hebt sein schweres Augenlid, fährt zusammen und sieht
Mit manchem gemurmelten "Hoffnung auf Vergebung"
Wann ist der Mond im Himmel viereckig ...
Von rosigem Haupt, das weit entfernt aufragt
In den sonnenbeschienenen Äther, fing den Strahl ein
Von versunkenen Sonnen am Vorabend — am Mittag der Nacht,
Während der Mond mit dem schönen, fremden Licht tanzte -
Auf solcher Höhe erhoben, erhob sich ein Haufen
Von prächtigen Säulen in der unbelasteten Luft,
Aus parischem Marmor blitzt dieses Zwillingslächeln
Weit unten auf der Welle, die dort funkelte,
Und den jungen Berg in seiner Höhle pflegte:
*Von geschmolzenen Sternen ihr Pflaster, wie zum Beispiel Fall
Durch die ebenholzfarbene Luft, die den Mantel versilbert

---

*Irgendein Stern, der von dem zerfallenen Dach
Vom erschütterten Olymp fiel durch Zufall - Milton.

Von ihrer eigenen Auflösung, während sie sterben -
Schmückt nun die Wohnungen des Himmels:
Eine Kuppel, die durch verbundenes Licht vom Himmel herabgelassen,
Saß sanft auf diesen Säulen als Krone —
Ein Fenster aus einem kreisförmigen Diamanten, dort,
Schaute hinaus in die purpurne Luft,
Und Strahlen von Gott schossen diese Meteoritenkette nieder
Und die ganze Schönheit zweimal wieder geheiligt,
Außer wenn zwischen dem Empyrean und jenem Ring
Ein eifriger Geist schlug mit seinem düsteren Flügel:
Aber auf den Säulen haben Seraph-Augen gesehen,
Die Dämmerung dieser Welt: dieses Graugrün
Dass die Natur das Beste für das Grab der Schönheit liebt
Lauerte in jedem Gesims, um jeden Architrav -
Und jeder geschnitzte Engel ringsum
Dass er sich aus seiner marmornen Behausung hinauswagte
Schien irdisch in der Untiefe seiner Nische zu sein -
Archaianische Statuen in einer so reichen Welt?
*Friese aus Tadmor und Persepolis —
Von Balbec und dem stillen, klaren Abgrund

---

*Voltaire sagt über Persepolis: »Je conmois bien l'admiration qu'inspirent ces ruines — mais un palais erige au pied d'une chaîne des rochers sterils — peut il être un chef doevure des arts!« — Voila les arguments de M. Voltaire.

*Vom schönen Gomorra! O! Die Welle
Ist jetzt über dir – aber zu spät zum Retten! —

Der Klang liebt es, in der Nähe einer Sommernacht zu schwelgen:
Werden Sie Zeuge des Rauschens der grauen Dämmerung
†Der sich auf das Ohr stahl, in Eyraco,
Von manchem wilden Sternengucker vor langer Zeit -
Die sich immer an sein Ohr stiehlt
Der sinnend in die trübe Ferne blickt,
Und sieht die Finsternis wie eine Wolke kommen ...
‡Ist nicht ihre Gestalt, ihre Stimme, am fühlbarsten und lautesten?

Aber was ist das? — es kommt — und es bringt
Eine Musik dazu – es ist das Rauschen der Flügel –
Eine Pause – und dann ein mitreißender, fallender Zug
Und Nesace ist wieder in ihren Hallen:

---

†[[*]] »Ach! die Welle" – Ula Deguisi ist die türkische Bezeichnung; aber an seinen eigenen Ufern wird er Bahar Loth oder Almotanah genannt. Zweifellos gab es mehr als zwei Städte, die im "Toten Meer" versunken waren. Im Tal von Siddim lebten fünf: Adrah, Zeboin, Zoar, Sodom und Gomorra. Stephanus von Byzanz erwähnt acht und Strabo dreizehn (verschlungen) – aber der letzte ist unvernünftig.

Es wird gesagt (Tacitus, Strabo, Josephus, Daniel von St. Saba, Nau, Maundrell, Troilo, d'Arvieux), daß man nach einer übermäßigen Dürre die Überreste von Säulen, Mauern u. s. w. über der Oberfläche sieht. Zu jeder Jahreszeit können solche Überreste entdeckt werden, wenn man in den durchsichtigen See hinabblickt, und zwar in solchen Entfernungen, die für das Vorhandensein vieler Ansiedlungen in dem jetzt von den "Asphaltiten" usurpierten Raum sprechen würden.

†Eyraco — Chaldäa.

‡Ich habe oft geglaubt, ich könnte deutlich den Klang der Dunkelheit hören, wenn sie sich über den Horizont schlich.

Aus der wilden Energie mutwilliger Eile
Ihre Wangen röteten sich, und ihre Lippen waren gespreizt;
Und eine Zone, die sich um ihre sanfte Taille schmiegte
War unter dem Klopfen ihres Herzens geplatzt:
In der Mitte dieser Halle zum Atmen
Sie hielt inne und keuchte, Zanthe! alles unten ...
Das Feenlicht, das ihr goldenes Haar küßte
Und sehnte sich danach, auszuruhen, und konnte doch nur dort funkeln!

*Junge Blumen flüsterten in Melodie
Zu glücklichen Blumen in dieser Nacht – und von Baum zu Baum;
Springbrunnen sprudelten Musik, als sie fielen
In manchem sternenbeschienenen Hain oder mondbeschienenen Tal;
Und doch trat Schweigen über die materiellen Dinge ein.
Schöne Blumen, leuchtende Wasserfälle und Engelsflügel —
Und nur der Klang, der aus dem Geiste entsprang
Bore burthen zu dem Zauber, den das Mädchen sang.

»Neath Blauglocke oder Luftschlange ...«
Oder büschelige wilde Gischt
Das hält den Träumer fern,
†Der Mondstrahl weg ...

---

*Feen nutzen Blumen wegen ihres Charakters. — Lustige Weiber von Windsor. [[William Shakespeare]]
†In der Schrift steht diese Stelle: "Die Sonne wird dir nicht schaden bei Tag und der Mond bei Nacht." Es ist vielleicht nicht allgemein bekannt, daß der Mond in Ägypten die Wirkung hat, Blindheit bei denen hervorzurufen, die mit dem Gesicht seinen Strahlen ausgesetzt schlafen, worauf die Stelle offenbar anspielt.

Helle Wesen! die nachdenken,
Mit halbgeschlossenen Augen,
Auf die Sterne, die du bewunderst
Hat aus den Lüften geschöpft,
Bis sie durch den Schatten blicken, und
Komm runter zu deinen Brauen
Wie – – Augen des Mädchens
Wer dich jetzt anruft ...
Entstehen! von deinen Träumen
In violetten Lauben,
Zur Pflicht, die sich geziemt
Diese sternenklaren Stunden -
Und schütteln Sie sich aus Ihren Locken
Mit Tau belastet
Der Atem dieser Küsse
Die auch sie belasten ...
[Oh, wie ohne dich, Liebe!
Könnten Engel gesegnet sein]?
Diese Küsse der wahren Liebe
Die euch zur Ruhe wiegten,
Oben! — zittere von deinem Flügel
Jedes hinderliche Ding:

Der Tau der Nacht –
Es würde Ihren Flug belasten;
Und wahre Liebe liebkost ...
O! lassen Sie sie auseinander,
Sie sind leicht an den Locken,
Aber halte dich ans Herz.

Ligeia! Ligeia!
Meine Schöne!
Wessen härteste Idee
Wille zum Melodielauf,
O! Ist es dein Wille
Auf die Brise zum Werfen?
Oder, immer noch launisch,
*Wie der einsame Albatros,
Pflicht in der Nacht
[Als sie auf Sendung ist]
Mit Freude Wache zu halten
Auf die Harmonie dort?

Ligeia! wo immer
Dein Bild möge sein

---

*Dem Albatros wird nachgesagt, dass er auf dem Flügel schläft.

Keine Magie wird trennen
Deine Musik von dir,
Du hast viele Augen gebunden
In einem träumerischen Schlaf...
Aber die Spannungen treten immer noch auf
die deine Wachsamkeit bewahrt —
Das Geräusch des Regens
Die zur Blume hinabspringt,
Und tanzt wieder
Im Rhythmus der Dusche ...
*Das Gemurmel, das aufkommt
Aus dem Anbau von Gras
Sind die Musik der Dinge -
Aber sie sind wie modelliert, ach! —
Fort, meine Liebste,
O! Hie dich weg
Zu den Quellen, die am klarsten liegen
Unter dem Mondstrahl...

---

*Auf diesen Gedanken stieß ich in einer alten englischen Erzählung, die ich jetzt nicht mehr aus dem Gedächtnis zu erhalten und zu zitieren vermag: "Das wahre Wesen und gleichsam der Quellkopf und Ursprung aller Musik ist der wahrhaft angenehme Klang, den die Bäume des Waldes machen, wenn sie wachsen."

Auf den einsamen See, der lächelt,
In seinem Traum von tiefer Ruhe,
Auf den vielen Sterneninseln
Die seine Brust schmücken -
Wo wilde Blumen, kriechend,
Haben ihren Schatten vermischt,
An seinem Rand schläft
Voll mancher Magd —
Einige haben die kühle Lichtung verlassen, und
*Hast mit der Biene geschlafen ...
Wecke sie, mein Mädchen,
Auf Moorland und Lea ...
Los! atmen in ihrem Schlummer,
Alles sanft im Ohr,
Die musikalische Nummer
Sie schlummerten, um zu hören —
Denn was kann erwecken
So bald ein Engel

**Die Wildbiene schläft bei Mondlicht nicht im Schatten.*

Der Reim in diesem Vers hat, wie in einem etwa 60 Zeilen vorherigen, den Anschein von Affektiertheit. Es ist jedoch von Sir W. Scott oder vielmehr von Claud Halcro nachgeahmt, in dessen Munde ich seine Wirkung bewunderte.

O! gäbe es eine Insel,
Auch wenn es noch so wild ist
Wo die Frau lächeln könnte und
Kein Mensch darf verführt werden u. s. w.

Wem der Schlaf genommen wurde
Unter dem kalten Mond
Wie der Zauber, der nicht schlummert
Von Hexerei mögen prüfen,
Die rhythmische Zahl
Wer hat ihn zur Ruhe eingelullt?«

Geister in Flügeln und Engel zum Anblick,
Tausend Seraphe sprengten den empyrianischen Durchgang,
Junge Träume schweben noch auf ihrem schläfrigen Flug -
Seraphen in allem, nur nicht im "Wissen", dem scharfen Licht
Der fiel, gebrochen, durch deine Grenzen, fern
O! Tod! aus dem Auge Gottes auf jenem Stern,
Süß war dieser Irrtum – noch süßer dieser Tod –
Süß war dieser Irrtum — ev'n bei uns der Atem
Von der Wissenschaft verdunkelt sich der Spiegel unserer Freude -
Für sie waren sie der Simoom und würden vernichten ...
Denn was nützt es ihnen zu wissen
Dass Wahrheit Lüge ist – oder dass Glückseligkeit Weh ist?
Süß war ihr Tod – mit ihnen war das Sterben weit verbreitet
Mit dem letzten Extacit des sättigenden Lebens -
Jenseits dieses Todes keine Unsterblichkeit –
Aber der Schlaf, der nachdenkt und nicht "sein" soll -

Und da – oh! möge mein müder Geist wohnen –
*Abgesehen von der Ewigkeit des Himmels – und doch, wie weit von der Hölle entfernt!
Welcher schuldige Geist, in welchem Gebüsch,
Hast du nicht den aufrüttelnden Ruf dieses Hymnus gehört?
Aber zwei: Sie fielen: denn der Himmel verleiht keine Gnade
Denen, die nicht um ihres klopfenden Herzens willen hören.
Ein jungfräulicher Engel und ihr Seraph-Geliebter —
O! wo (und ihr den weiten Himmel drüben suchen könnt)
Kannte man die Liebe, die Blinde, die fast nüchterne Pflicht?
†Die ungeleitete Liebe ist gefallen – mitten in "Tränen vollkommenen Stöhnens":

---

*Bei den Arabern gibt es ein Mittelding zwischen Himmel und Hölle, wo die Menschen keine Strafe erleiden, aber dennoch nicht jene ruhige und gleichmäßige Glückseligkeit erlangen, die sie für den himmlischen Genuß charakteristisch halten.

Un no rompido sueno —
Un dia puro — allegre — libre
Quiera —
Libre de amor — de zelo —
De odio — de esperanza — de rezelo,
Luis Ponce de Leon.

Der Kummer ist in "Al Aaraaf" nicht ausgeschlossen, aber es ist jener Schmerz, den die Lebenden für die Toten zu hegen lieben und der in manchen Köpfen dem Delirium des Opiums gleicht. Die leidenschaftliche Erregung der Liebe und die Heiterkeit des Geistes, die mit dem Rausch einhergehen, sind ihre weniger heiligen Freuden, deren Preis für jene Seelen, die "Al Aaraaf" als ihren Wohnsitz nach dem Leben wählen, der endgültige Tod und die Vernichtung ist.

†Es gibt Tränen vollkommenen Stöhnens
Weinte um dich in Helikon. — Milton.

Er war ein guter Geist, er, der fiel:
Ein Wanderer bei Moos, gut ummantelt -
Ein Blick auf die Lichter, die oben leuchten ...
Ein Träumer im Mondstrahl durch seine Liebe:
Was für ein Wunder? denn jeder Stern ist dort augenähnlich,
Und so süß auf Beautys Haar herabschaut ...
Und sie und jeder moosige Frühling waren heilig
Zu seiner Liebe, seinem heimgesuchten Herzen und seiner Melancholie.
Die Nacht hatte (für ihn eine Nacht des Leids)
Auf einem Bergfelsen, der junge Angelo ...
Käfer biegt er sich quer zum feierlichen Himmel,
Und finster auf Sternenwelten blickt, die unter ihm liegen.
Hier saß er mit seiner Liebe, sein dunkles Auge gebeugt
Mit Adlerblick am Firmament entlang:
Jetzt wandte es sich gegen sie – aber immer dann
Er zitterte wieder vor einem konstanten Stern.
»Ianthe, Liebste, sieh! Wie schwach ist dieser Strahl!
Wie schön ist es, so weit in die Ferne zu blicken!
So schien sie an jenem Herbstabend nicht zu sein
Ich verließ ihre prächtigen Hallen – und trauerte auch nicht, sie zu verlassen:
Dieser Vorabend – jener Vorabend – ich sollte mich gut erinnern –
Der Sonnenstrahl fiel auf Lemnos mit einem Zauber herab

Auf der 'Arabesq'-Schnitzerei eines vergoldeten Saals
Worin ich saß und an der drapierten Wand ...
Und auf meinen Augenlidern – O! Das schwere Licht!
Wie schläfrig es sie bis in die Nacht!
Auf Blumen vor und Nebel und Liebe liefen sie
Mit dem persischen Saadi in seinem Gulistan:
Aber O! Dieses Licht! — Ich schlummerte — Der Tod, währenddessen
Habe mir auf dieser schönen Insel die Sinne gestohlen
So weich, dass kein einziges seidenes Haar
Erwacht, der schlief – oder wusste, dass er da war.

Der letzte Fleck der Erdkugel, auf den ich getreten bin
*War ein stolzer Tempel, der Parthenon genannt wurde -
Noch mehr Schönheit schmiegte sich an ihre Säulenwand
†Als dein glühender Busen damit schlägt,
Und als die alte Zeit mein Flügel entzauberte
Von dort sprang ich – wie der Adler von seinem Turm,
Und Jahre, die ich in einer Stunde hinter mir gelassen habe.
Wie lange hing ich an ihren luftigen Fesseln
Die eine Hälfte des Gartens ihres Globus wurde geschleudert

---

*1687 war es vollständig – der höchste Punkt Athens.

†Sie beschatten mehr Schönheit in ihren luftigen Brauen
Und die weißen Brüste der Königin der Liebe.
— Marlow [[Marlowe]].

sich als Diagramm zu meiner Ansicht entfaltet -
Auch mieterlose Städte der Wüste!
Ianthe, die Schönheit drängte sich damals um mich,
Und die Hälfte wünschte ich, wieder von Männern zu sein.

"Mein Angelo! Und warum sind sie das?
Eine hellere Wohnung ist hier für dich -
Und grünere Felder als in jener Welt oben,
Und die Liebenswürdigkeit der Frauen – und die leidenschaftliche Liebe.

»Aber, Liste, Ianthe! wenn die Luft so weich ist
*Scheiterte, als mein Wimpelgeist in die Höhe sprang,
Vielleicht wurde mir schwindlig – aber die Welt
Ich bin so spät gegangen, wurde ins Chaos geschleudert ...
sprang von ihrem Posten ab, in den Winden auseinander,
Und rollte, eine Flamme, der feurige Himmel quer.
Dachte ich, mein Süßer, dann hörte ich auf, mich zu erheben
Und fiel – nicht so schnell, wie ich mich zuvor erhob,
Aber mit einer abwärts gerichteten, zitternden Bewegung
Leichte, eherne Strahlen, dieser goldene Stern zu!
Und auch nicht lange das Maß meiner fallenden Stunden,
Denn der nächste aller Sterne war dem unsrigen am nächsten –

---

*Wimpel — für Trieb. — Milton.

Schreckensstern! die inmitten einer Nacht der Heiterkeit kam,
Ein roter Dædalion auf der schüchternen Erde!
"Wir sind gekommen – und auf deine Erde – aber nicht zu uns
Lasst euch von der Muttergottes befiehlen, um zu diskutieren:
Wir kamen, meine Liebe; um, oben, unten,
Fröhliches Glühwürmchen der Nacht, in der wir kommen und gehen,
Und fragen Sie auch nicht nach einem anderen Grund als nach dem
Nicken des Engels
Sie gewährt uns, wie von ihrem Gott bewilligt,
Aber, Angelo, als deine graue Zeit entfaltete sich
Nie sein Feenflügel in der märchenhaften Welt!
Trüb war seine kleine Scheibe, und Engelsaugen
Allein konnte das Phantom am Himmel sehen,
Als Al Aaraaf zum ersten Mal wusste, dass sie
Kopfüber über das sternenklare Meer -
Aber als seine Herrlichkeit am Himmel anschwoll,
Wie die Büste der glühenden Schönheit unter des menschlichen Auges,
Wir hielten inne vor dem Erbe der Menschen,
Und dein Stern zitterte – wie die Schönheit damals!«
So verweilten die Liebenden im Diskurs
Die Nacht, die schwindete und verging und keinen Tag brachte
Sie fielen: denn der Himmel gibt ihnen keine Hoffnung
Die nicht hören, weil ihr Herz klopft.

TAMERLANE.

1

Gütiger Trost in einer sterbenden Stunde! —
Das, Vater, ist nicht (jetzt) mein Thema ...
Ich werde diese Macht nicht wahnsinnig für verrückt halten
Von der Erde möge mich von der Sünde schrumpfen
Überirdischer Stolz hat sich geredet in -
Ich habe keine Zeit zum Schwärmen oder Träumen:
Du nennst es Hoffnung – dieses Feuer des Feuers!
Es ist nur die Qual der Begierde:
Wenn ich hoffen kann – Oh Gott! Ich kann ...
Seine Quelle ist heiliger – göttlicher –
Ich würde dich nicht dumm nennen, alter Mann,
Aber das ist nicht deine Gabe.

2

Kennst du das Geheimnis eines Geistes
Von seinem wilden Stolz in die Schande gebeugt.
O! Sehnsüchtiges Herz! Ich habe geerbt
Dein verdorrender Anteil mit dem Ruhm,

Die glühende Herrlichkeit, die geleuchtet hat
Inmitten der Juwelen meines Throns,
Heiligenschein der Hölle! und mit einem Schmerz
Nicht die Hölle wird mich wieder fürchten lassen ...
O! Sehnendes Herz, nach den verlorenen Blumen
Und Sonnenschein meiner Sommerstunden!
Die unsterbliche Stimme jener toten Zeit,
Mit seinem endlosen Glockenspiel,
Ringe, im Geiste eines Zaubers,
Auf deine Leere – eine Glocke.

3

Ich war nicht immer so wie jetzt:
Das fieberhafte Diadem auf meiner Stirn
Ich beanspruchte und gewann usurpatorisch ...
Ist nicht dieselbe wilde Erbschaft gegeben,
Rom dem Cäsar – das für mich?
Das Erbe eines königlichen Geistes,
Und ein stolzer Geist, der
Triumphierend mit der Menschheit.

4

Auf Bergboden zeichnete ich zuerst Leben:
Die Nebel des Taglay haben sich vergossen

Nachts ihr Tau auf meinem Haupt,
Und, glaube ich, der geflügelte Streit
Und der Tumult der stürmischen Luft
Hat sich in mein Haar eingenistet.

5

So spät fiel er vom Himmel – dieser Tau –
("Mitten in den Träumen einer unheiligen Nacht)
Über mich – mit der Berührung der Hölle,
Während das rote Blinken des Lichts
Von Wolken, die wie Banner hingen,
Erschien vor meinem halbgeschlossenen Auge
Der Prunk der Monarchie,
Und das tiefe Donnergrollen der Trompete
Kam eilig auf mich zu und erzählte mir,
Von menschlichen Schlachten, wo meine Stimme,
Meine eigene Stimme, dummes Kind! – schwoll an
(Oh, wie würde sich mein Geist freuen,
Und springe bei dem Schrei in mich hinein)
Der Schlachtruf des Sieges!

6

Der Regen fiel auf mein Haupt
Ungeschützt - und der schwere Wind

War riesenhaft – so du, mein Geist! —
Es war nur ein Mensch, dachte ich, der vergoß
Lorbeeren auf mich: und der Ansturm …
Der Strom der kalten Luft
In meinem Ohr gurgelte das Gedränge
Von Reichen - mit dem Gebet des Gefangenen -
Das Summen der Anzugträger – und der Ton
Von Schmeicheleien um den Thron eines Herrschers.

7

Meine Leidenschaften, seit jener unglückseligen Stunde,
Usurpierte eine Tyrannei, die die Menschen
Habe gedacht, seit ich zur Macht gelangt bin;
Meine angeborene Natur – sei es so:
Aber, Vater, da lebte einer, der damals,
Damals – in meiner Knabenzeit – als ihr Feuer
Verbrannt mit einem noch intensiveren Glanz,
(Denn die Leidenschaft muss mit der Jugend erlöschen)
Wer wußte denn dieses eiserne Herz?
An der Schwäche der Frau hatte die Schwäche eine Rolle.

8

Mir fehlen die Worte – ach! — um zu erzählen
Die Lieblichkeit, gut zu lieben!

Auch würde ich jetzt nicht versuchen,
Das Mehr als nur die Schönheit eines Gesichts
Deren Züge in meinem Geiste
Sind ——— Schatten auf dem unbeständigen Wind:
So erinnere ich mich, dass ich dort gelebt habe
Eine Seite mit früher Überlieferung auf,
Mit herumlungerndem Auge, bis ich gefühlt habe
Die Buchstaben – mit ihrer Bedeutung – schmelzen
Zu Phantasien – ohne welche.

9

O! Sie war aller Liebe wert!
Die Liebe – wie in der Kindheit war die meine –
Es war so wie die Engelsgeister da oben
Könnte neidisch sein; Ihr junges Herz, das Heiligtum
Auf die meine ganze Hoffnung und mein Gedanke
Waren Weihrauch - damals ein gutes Geschenk,
Denn sie waren kindisch – und aufrecht –
Rein – wie ihr junges Beispiel lehrte:
Warum verließ ich es und trieb dahin,
Vertrauen Sie dem Feuer im Inneren, um Licht zu erhalten?

10

Wir sind älter geworden – und lieben – zusammen –
Den Wald und die Wildnis durchstreifen;

Meine Brust ihr Schild bei winterlichem Wetter –
Und wenn der freundliche Sonnenschein lächelte,
Und sie würde den sich öffnenden Himmel markieren,
Ich sah keinen Himmel – außer in ihren Augen.

11

Die erste Lektion der jungen Liebe ist – das Herz:
Für mitten in diesem Sonnenschein und diesem Lächeln,
Wenn, abgesehen von unseren kleinen Sorgen,
Und über ihre mädchenhafte List lachend,
Ich würde mich auf ihre pochende Brust werfen,
Und gieße meinen Geist in Tränen aus ...
Es war nicht nötig, den Rest zu sprechen ...
Keine Notwendigkeit, irgendwelche Ängste zu beruhigen
Von ihr, die nicht nach dem Grund fragte,
Aber wandte ihr ruhiges Auge auf mich!

12

Und doch mehr als würdig der Liebe
Mein Geist kämpfte und kämpfte,
Wenn auf dem Berggipfel, allein,
Der Ehrgeiz verlieh ihm einen neuen Ton ...
Ich hatte kein Wesen – außer in dir:
Die Welt und alles, was sie enthielt

*In der Erde – der Luft – dem Meer –
Seine Freude – sein kleines bisschen Schmerz
Das war neues Vergnügen, – das Ideal,
Dämmerung, Eitelkeiten der Träume bei Nacht —
Und dunklere Nichtigkeiten, die real waren …
(Schatten – und ein schattenhafteres Licht!)
Auf ihren nebligen Flügeln geteilt,
Und so wurde es verwirrt
Dein Bild und – ein Name – ein Name!
Zwei getrennte – und doch höchst intime Dinge.*

13

*Ich war ehrgeizig – wussten Sie, dass
Die Leidenschaft, Vater? Sie haben nicht:
Ein Häusler, ich habe einen Thron markiert
Von der halben Welt wie von der ganzen mir,
Und murrte über so ein niedriges Los –
Aber, wie jeder andere Traum auch,
Auf den Dunst des Taues
Meine eigenen waren vergangen, nicht der Balken
Von Schönheit, die es tat, während es durchging
Die Minute – die Stunde – der Tag – unterdrücken
Mein Geist mit doppelter Lieblichkeit.*

14

Wir gingen zusammen auf der Krone
Von einem hohen Berg, der herabblickte
Weit weg von seinen stolzen Naturtürmen
Von Fels und Wald, auf den Hügeln -
Die schrumpfenden Hügel! Begirt mit Lauben
Und mit tausend Rinnsalen schreien.

15

Ich sprach zu ihr von Macht und Stolz,
Aber mystisch – in solcher Gestalt
Damit sie es für nichts halte außer
Das Gespräch des Augenblicks; in ihren Augen
Ich lese, vielleicht zu leichtsinnig ...
Ein Gefühl, das sich mit meinem eigenen vermischt ...
Die Röte auf ihrer hellen Wange, für mich
Schien ein königlicher Thron zu werden
Zu gut, dass ich es sein ließe
Licht allein in der Wildnis.

16

Dann hüllte ich mich in Erhabenheit,
Und setzte eine visionäre Krone auf ...
Doch es war nicht diese Fantasie
Hatte ihren Mantel über mich geworfen ...

Aber daß unter dem Pöbel - den Männern,
Der Ehrgeiz der Löwen ist gefesselt ...
Und hockt sich vor die Hand eines Hüters —
Nicht so in Wüsten, wo die große
Die Wilden – die schreckliche Verschwörung
Mit ihrem eigenen Atem, um sein Feuer zu entfachen.

17

Sieh dich jetzt auf Samarkand um! —
Ist sie nicht die Königin der Erde? Ihr Stolz
Vor allem Städte? in ihrer Hand
Ihr Schicksal? in allen daneben
Von der Herrlichkeit, die die Welt gekannt hat
Steht sie nicht edel und allein?
Fallen – ihr allergrößtes Sprungbrett
Wird den Sockel eines Thrones bilden -
Und wer ist ihr Herrscher? Timour — er
Wen das erstaunten Volk sah,
Hochmütig durch die Reiche schreiten
Ein Gesetzloser mit Diadem ...

18

O! Menschliche Liebe! Du Geist gegeben,
Auf der Erde hoffen wir von allem auf den Himmel!
die wie Regen in die Seele fallen
Auf dem Siroc verdorrte Ebene,

Und versagt in deiner Macht zu segnen
Aber lass das Herz eine Wildnis!
Idee! die das Leben um sich bindet
Mit Musik von so seltsamem Klang
Und die Schönheit einer so wilden Geburt -
Abschied! denn ich habe die Erde gewonnen!

19

Als Hope, der Adler, der sich emportürmte, sehen konnte
Keine Klippe hinter ihm im Himmel,
Seine Triebe waren herabhängend gebogen –
Und heimwärts wandte sich sein erweichtes Auge.

20

Es war Sonnenuntergang, wenn die Sonne scheiden wird
Da kommt eine Verdrossenheit des Herzens
Zu dem, der noch auf
Die Pracht der Sommersonne.
Diese Seele wird den aufziehenden Nebel hassen
So oft schön, und wird auflisten
Zum Klang der hereinbrechenden Dunkelheit (bekannt
Zu denen, deren Geist lauscht) als eine Einheit
Die in einem Traum der Nacht fliegen würden
Kann aber nicht aus der Nähe einer Gefahr kommen.

21

Was ist mit dem Mond – dem weißen Mond
Den ganzen Glanz ihres Mittags vergießen,
Ihr Lächeln ist kühl – und ihr Strahlen,
In dieser Zeit der Tristesse wird es scheinen,
[So wie du dich in deinem Atem sammelst]
Ein Porträt, das nach dem Tod aufgenommen wurde.
Und die Knabenzeit ist eine Sommersonne
Wessen Schwinden das trostloseste ist –
Denn alles, was wir wissen, ist bekannt
Und alles, was wir zu bewahren suchen, ist geflogen –
Laß also das Leben wie die Blume des Tages fallen
Mit der Schönheit am Mittag – das ist alles.

22

Ich erreichte meine Heimat – meine Heimat nicht mehr –
Denn alle waren geflogen, die es so machten -
Ich ging durch seine moosbewachsene Tür,
Und obwohl mein Schritt weich und niedrig war,
Eine Stimme ertönte vom Schwellenstein
Von einem, den ich früher gekannt hatte ...
O! Ich fordere dich heraus, Hölle, um zu zeigen
Auf Feuerbetten, die unten brennen,
Ein demütigeres Herz – ein tieferes Wo –

23

Vater, ich glaube fest ...
Ich weiß – für den Tod, der mich holt
Aus fernen Regionen der Seligkeit,
Wo es nichts zu täuschen gibt,
Hat sein eisernes Tor angelehnt gelassen,
Und Strahlen der Wahrheit, die ihr nicht sehen könnt
Blitzen durch die Ewigkeit ...
Ich glaube, dass Eblis
Eine Falle auf jedem menschlichen Weg —
Sonst wie, wenn sie im heiligen Hain ist
Ich wanderte von dem Götzen, Liebe,
Der täglich seine verschneiten Flügel duftet
Mit Weihrauch aus Brandopfern
Von den unverschmutztesten Dingen,
Deren liebliche Lauben noch so zerrissen sind
Oben mit Spalierstrahlen vom Himmel
Kein Stäubchen darf meiden – keine kleinste Fliege
Das Aufleuchten seines Adlerauges -
Wie kam es, dass sich der Ehrgeiz einschlich,
Unsichtbar, inmitten des Vergnügens dort,
Bis er kühn wurde, lachte und sprang
In den Knäueln von Loves Haaren?

VERSCHIEDENE GEDICHTE.

Mein Nichts – meine Bedürfnisse –
Meine Sünden – und meine Reue –
SOUTHEY E PERSIS.

Und ein paar Blumen – aber keine Buchten.
MILTO

VORWORT.

1

*ROMANTIK, die es liebt zu nicken und zu singen
Mit schläfrigem Kopf und gefalteten Flügeln
Zwischen den grünen Blättern, die zittern
Weit unten in einem schattigen See
Für mich ein bemaltes Papagei
Er war – ein höchst vertrauter Vogel –
Er hat mir mein Alphabet beigebracht, um zu sagen ...
Um mein allerfrühestes Wort zu lispeln,
Im wilden Wald habe ich doch gelegen
Ein Kind – mit einem höchst wissenden Auge.*

2

*In jüngster, ewiger Kondor-Zeit
Schütteln Sie also die Luft in der Höhe
Mit Tumult, wenn sie vorbeidonnern,
Ich habe kaum Zeit für Sorgen gehabt
Durch den Blick in den unruhigen Himmel!
Und, wenn eine Stunde mit ruhigeren Flügeln
Es ist auf meine Geister herabgeworfen ...
Die kleine Zeit mit Leier und Reim
Zum Verweilen – verbotene Dinge!
Mein Herz würde sich wie ein Verbrechen fühlen
Zitterte es nicht mit den Saiten!*

1.

ZU —— ——

1

Sollte mein frühes Leben erscheinen,
Ein Traum ...
Doch ich baue keinen Glauben darauf
Der König Napoleon ...
Ich schaue nicht in die Ferne
Für mein Schicksal in einem Stern:

2

Jetzt von dir scheidend
So viel will ich bekennen:
Es gibt Wesen und hat es gegeben
Den mein Geist nicht gesehen hatte
Hätte ich sie an mir vorbeiziehen lassen
Mit einem träumenden Auge –
Wenn mein Friede entflohen ist
In einer Nacht – oder an einem Tag –
In einer Vision – oder in keiner –
Ist es deshalb um so weniger verschwunden? —

3

Ich stehe mitten im Gebrüll
Von einem wettergegerbten Ufer,

Und ich halte in meiner Hand
Einige Sandpartikel ...
Wie wenige! und wie sie kriechen
Durch meine Finger in die Tiefe!
Meine ersten Hoffnungen? Nein – sie
Ging herrlich fort,
Wie ein Blitz aus der Luft
Sofort – und ich werde es auch tun.

4

So jung? ah! Nein – nicht jetzt –
Du hast meine Stirn nicht gesehen,
Aber sie sagen dir, ich sei stolz ...
Sie lügen – sie lügen laut –
Mein Busen schlägt vor Scham
Über die Dürftigkeit des Namens
Mit denen sie es wagen, sich zu verbinden
Ein Gefühl wie das meine ...
Und auch nicht stoisch? Ich bin nicht:
Im Schrecken meines Loses
Ich lache, wenn ich daran denke, wie arm die
Dieses Vergnügen "zu ertragen!"
Was! Farbton von Zeno! — Ich!
Ertragen! — nein — nein — trotzen.

2.

ZU —— —

1

Ich sah dich an deinem Brauttag –
Als eine brennende Röte über dich kam
Wenn das Glück um dich herum lag,
Die ganze Welt liebt vor dir:

2

Und in deinem Auge ein brennendes Licht
[Was auch immer es sein mag]
War alles auf Erden mein gefesselter Anblick
Von Lieblichkeit sehen konnte.

3

Dieses Erröten war vielleicht eine jungfräuliche Schande …
Als solches kann es wohl vorübergehen …
Obwohl seine Glut eine heftigere Flamme entfacht hat
In seiner Brust, ach!

4

der dich an jenem Brauttag sah,
Wenn diese tiefe Röte über dich kommen würde,
Das Glück um dich herum lag,
Die Welt liebt vor dir.

3.

ZU —— ——

1

Die Lauben, wo ich im Traum sehe
Die mutwilligsten Singvögel
Sind Lippen – und all deine Melodie
Von lippengezeugten Worten ...

2

Deine Augen, im Himmel des Herzens verewigt
Dann verwüstet fallt,
O! Gott! über meine Beerdigungsgedanken
Wie Sternenlicht auf einem Schleier -

3

Dein Herz – dein Herz! — Ich erwache und seufze,
Und schlafen, um bis zum Tag zu träumen
Von der Wahrheit, die man mit Gold nie kaufen kann –
Von den Kleinigkeiten, die es mag.

4.

ZUM FLUSS ──────

1

Schöner Fluss! in deinem hellen, klaren Fluss
aus labyrinthartigem Wasser,
Du bist ein Sinnbild des Leuchtens
Von der Schönheit – dem unverborgenen Herzen –
Das spielerische Labyrinth der Kunst
In der Tochter des alten Alberto ...

2

Aber wenn sie in deiner Welle schaut –
Die dann glänzt und zittert -
Warum also der schönste aller Bäche
Ihr Anbeter gleicht ...
Denn in meinem Herzen – wie in deinem Strom –
Ihr Image liegt zutiefst –
Das Herz, das vor dem Balken zittert,
Der prüfende Blick ihrer Augen.

5.

DER SEE — BIS ——

1

Im Frühling der Jugend war es mein Los
Um in der weiten Welt ein Fleckchen zu spuken
Das, was ich um so nicht weniger lieben könnte,
So schön war die Einsamkeit
Von einem wilden See mit schwarzem Felsen,
Und die hohen Kiefern, die ringsum aufragten:
Aber als die Nacht ihre Blase geworfen hatte,
An diesem Ort – wie auf allen,
Und der schwarze Wind murmelte vorüber,
In einem Klagelied der Melodie –
Mein Kindergeist würde erwachen
Zum Schrecken des einsamen Sees.

2

Doch dieser Schrecken war kein Schrecken ...
Aber ein zitterndes Entzücken ...
Ein Gefühl, das nicht das meinige ist
Sollte mich jemals bestechen, um zu definieren ...
noch Liebe, obgleich die Liebe dein sei,

3

Der Tod war in dieser vergifteten Welle –
Und in seinem Golf ein passendes Grab
Für den, der von dort Trost bringen könnte,
Zu seiner einsamen Vorstellung ...
Deren einsame Seele
Ein Eden dieses düsteren Sees.

6.

GEISTER DER TOTEN.

1

Deine Seele wird sich allein finden
'Mitten in dunklen Gedanken an den grauen Grabstein ...
Nicht einer von der ganzen Menge, der neugierig wurde
In deine Stunde der Geheimhaltung,

2

Schweige in dieser Einsamkeit
Was keine Einsamkeit ist – denn dann
Die Geister der Toten, die standen
Im Leben vor dir sind wieder [Seite 66:]
Im Tod um dich herum – und in ihrem Willen
Wird dich dann überschatten: sei still.

3

Denn die Nacht — wenn auch klar — wird die Stirn runzeln —
Und die Sterne werden nicht herabschauen,
Von ihren hohen Thronen im Himmel,
Mit Licht wie Hoffnung den Sterblichen gegeben -
Aber ihre roten Kugeln, ohne Strahl,
Deiner Müdigkeit wird es scheinen,
Als Brennen und Fieber
Die ewig an dir haften würde,

4

Nun sind Gedanken, die du nicht verbannen sollst –
Jetzt werden Visionen nie mehr verschwinden -
Von deinem Geist werden sie vergehen
Nicht mehr – wie Tautropfen aus dem Gras:

5

Die Brise – der Atem Gottes – ist still –
Und der Nebel auf dem Hügel
Schattenhaft – schattenhaft – und doch ungebrochen,
Ist ein Symbol und ein Token —
Wie es an den Bäumen hängt,
Ein Mysterium voller Geheimnisse! —

7.

EIN TRAUM.

1

In Visionen der dunklen Nacht
Ich habe von der fortgegangenen Freude geträumt –
Aber ein Wachtraum von Leben und Licht
Hat mich mit gebrochenem Herzen zurückgelassen:

2

Und was ist nicht ein Traum am Tag?
Zu dem, dessen Augen gerichtet sind
Mit einem Strahl auf die Dinge um ihn herum
Kehren Sie in die Vergangenheit zurück?

3

Dieser heilige Traum – dieser heilige Traum,
Während die ganze Welt tadelte,
Hat mich aufgemuntert wie ein lieblicher Strahl
Ein einsamer Geist, der leitet:

4

Was ist das für ein Licht, durch Sturm und Nacht
So zitterte er aus der Ferne –
Was könnte es reiner Helles geben
Im Tagstern der Wahrheit? —

8.

AN M.

1

O! Ich kümmere mich nicht darum, dass mein irdisches Los
Hat — wenig von der Erde darin —
Dass die Jahre der Liebe vergessen sind
Im Fieber einer Minute ...

2

Ich achte nicht darauf, dass die Trostlosigkeit
Sind glücklicher, süßer als ich ...
Dass du dich aber in mein Schicksal einmischst
Die ein Passant sind.

3

Es ist nicht so, dass meine Quellen der Glückseligkeit
Sprudeln – seltsam! mit Tränen –
Oder dass der Nervenkitzel eines einzigen Kusses
Hat viele Jahre gelähmt -

4

Es ist nicht so, dass die Blumen von zwanzig Quellen
die verwelkt sind, als sie aufgestiegen sind

*Liege tot auf meinen Herzenssaiten
Mit dem Gewicht eines Zeitalters des Schnees.*

5

*Auch nicht, daß das Gras – O! Möge es gedeihen!
Auf meinem Grab wächst oder gewachsen ist –
Aber das, obwohl ich tot und doch lebendig bin
Ich kann nicht allein sein, Herrin.*

9.

MÄRCHENLAND.

*Düstere Täler — und schattenhafte Überschwemmungen —
Und wolkig aussehende Wälder,
Deren Formen wir nicht entdecken können
Für die Tränen, die überall hintropfen.
Riesige Monde nehmen zu und ab ...
Wieder — wieder — wieder —
Jeden Augenblick der Nacht ...
Für immer wechselnde Orte —
Und sie löschten das Sternenlicht aus
Mit dem Atem aus ihren bleichen Gesichtern;*

Etwa zwölf Uhr auf der Monduhr
Einer, dünner als die anderen
[Eine Art, die vor Gericht
Sie haben festgestellt, dass sie die Besten sind]
Kommt runter – immer noch runter – und runter
Mit seiner Mitte auf der Krone
Von der Erhabenheit eines Berges,
Während sein breiter Umfang
In leichten Faltenwürfen
Über Weiler und reiche Hallen,
Wo immer sie auch sein mögen …
Über die fremden Wälder — über das Meer —
Über Spirituosen auf dem Flügel
Über jedes schläfrige Ding …
Und vergräbt sie ganz
In einem Labyrinth des Lichts -
Und dann, wie tief! O! tief!
Ist die Leidenschaft ihres Schlafes!
Am Morgen stehen sie auf,
Und ihre verträumte Hülle
Steigt in die Lüfte,
Mit den Stürmen, die sie werfen,

* *Wie —— fast alles —*
Oder ein gelber Albatros.
Sie benutzen diesen Mond nicht mehr
Für das gleiche Ziel wie zuvor ...
Videlicet ein Zelt —
Was ich extravagant finde:
Seine Atome jedoch,
In eine Dusche dissever,
Von denen jene Schmetterlinge,
der Erde, die die Himmel suchen,
Und so komm wieder herab,
(Die ungläubigen Dinger!)
Habe ein Exemplar mitgebracht
Auf ihren zitternden Flügeln.

GEDICHTE

BIS

EDGAR A. POE.

TOUT LE MONDE EINE RAISON. — ROCHEFOUCAULT

ZWEITE AUFLAGE.

New York:

HERAUSGEGEBEN VON ELAM BLISS.

. . . .

1831.

Inhaltsverzeichnis

WIDMUNG.

BRIEF AN HERRN ....

EINLEITUNG.

AN HELEN

ISRAFEL.

DIE DEM UNTERGANG GEWEIHTE STADT.

MÄRCHENLAND.

IREN.

Ein PÄAN.

DAS TAL NIS.

AL AARAAF.

TAMERLANE.

AN

DAS U.S. CORPS OF CADETS

DIESER BAND

IST RESPEKTVOLL GEWIDMET.

BRIEF.

*Sag dem Witz, wie viel er streitet
In wankelmütigen Punkten der Nettigkeit -
Sag Weisheit, die sie verstrickt
Sich selbst in Überweise.*

Sir Walter Raleigh.

BRIEF AN HERRN —— ——

West Point, —— 1831.

LIEBER B——.

* * * * * * *

Da ich glaubte, daß nur ein Teil meines früheren Bandes einer zweiten Auflage würdig sei, so hielt ich es für gut, diesen kleinen Teil in das vorliegende Buch aufzunehmen, als ihn selbst neu zu veröffentlichen. Ich habe daher hier Al Aaraaf und Tamerlan mit anderen bisher ungedruckten Gedichten kombiniert. Ich habe auch nicht gezögert, aus den jetzt weggelassenen »Kleinen Gedichten« ganze Zeilen und sogar Passagen einzufügen, damit sie, wenn sie in ein schöneres Licht gestellt und der Müll von ihnen, in den sie eingebettet waren, abgeschüttelt werden, eine gewisse Aussicht haben, von der Nachwelt gesehen zu werden.

* * * * *

Man hat gesagt, daß eine gute Kritik über ein Gedicht von jemandem geschrieben werden kann, der selbst kein Dichter ist. Dies empfinde ich nach Ihrer und meiner Auffassung von Poesie als falsch: je weniger poetisch der Kritiker, desto weniger gerecht die Kritik und das Gegenteil. Aus diesem Grunde, und weil es nur wenige B. auf der Welt gibt, würde ich mich der guten Meinung der Welt ebenso schämen wie stolz auf deine eigene. Jemand anderes, als man selbst, könnte hier bemerken: "Shakespeare ist im Besitz der guten Meinung der Welt, und doch ist Shakespeare der größte aller Dichter. Es scheint also, dass die Welt richtig urteilt, warum solltet ihr euch eures günstigen Urteils schämen?" Die Schwierigkeit liegt in der Interpretation des Wortes "Urteil" oder "Meinung". Die Meinung ist wahrhaftig die der Welt, aber man kann sie die ihre nennen, wie ein Mensch ein Buch sein nennen würde, nachdem er es gekauft hat; Er hat das Buch nicht geschrieben, aber es ist seines; Sie haben die Meinung nicht verfasst, aber es ist ihre eigene. Ein Narr zum Beispiel hält Shakespeare für einen großen Dichter – und doch hat der Narr Shakespeare nie gelesen. Aber der Nachbar des Narren, der eine Stufe höher auf den Anden des Geistes steht, dessen Kopf (d. h. sein erhabenerer Gedanke) zu weit über dem Toren steht, um gesehen oder verstanden zu werden, dessen Füße aber (womit ich seine alltäglichen Handlungen meine) nahe genug sind, um erkannt zu werden, und durch den diese Überlegenheit festgestellt wird, die ohne sie nie entdeckt worden wären – dieser Nachbar behauptet, Shakespeare sei ein großer Dichter –, der Narr glaubt ihm, und es ist von nun an seine Meinung. In gleicher Weise ist die Meinung dieses Nächsten von einem über ihm Stehenden übernommen worden, und so aufsteigend zu einigen begabten Individuen, die um den Gipfel knien und von Angesicht zu Angesicht den Hauptgeist erblicken, der auf dem Gipfel steht.

* * * * *

Sie sind sich der großen Barriere bewusst, die einem amerikanischen Schriftsteller im Weg steht. Er wird, wenn überhaupt, dem kombinierten und etablierten Witz der Welt vorgezogen. Ich sage gefestigt; Denn mit der Literatur verhält es sich wie mit dem Gesetz oder dem Imperium: ein etablierter Name ist ein Grundbesitz oder ein Thron im Besitz. Außerdem könnte man meinen, daß die Bücher, wie ihre Verfasser, durch Reisen besser werden – daß sie das Meer überquert haben, ist bei uns eine so große Auszeichnung. Unsere Antiquare geben die Zeit für die Ferne auf; unser flüchtiger Blick vom Einband bis zum unteren Rand des Titelblattes, wo die mystischen Figuren, die London, Paris oder Genua buchstabieren, gerade so viele Empfehlungsschreiben sind.

* * * * *

Ich habe soeben einen vulgären Irrtum in Bezug auf die Kritik erwähnt. Ich denke, die Vorstellung, dass kein Dichter seine eigenen

Schriften richtig einschätzen kann, ist eine andere. Ich bemerkte früher, daß im Verhältnis zu dem dichterischen Talent die Gerechtigkeit einer Kritik an der Poesie wäre. Daher würde ein schlechter Dichter, das gebe ich zu, eine falsche Kritik üben, und seine Eigenliebe würde sein kleines Urteil unfehlbar zu seinen Gunsten beeinflussen; aber ein Dichter, der in der Tat ein Dichter ist, könnte, glaube ich, nicht umhin, eine gerechte Kritik zu üben. Alles, was man auf den Standpunkt der Eigenliebe schließen sollte, konnte durch seine innige Bekanntschaft mit dem Gegenstand ersetzt werden; Kurz, wir haben mehr Fälle von falscher Kritik als von gerechter, wo die eigenen Schriften die Probe sind, einfach weil wir mehr schlechte als gute Dichter haben. Es gibt natürlich viele Einwände gegen das, was ich sage: Milton ist ein großartiges Beispiel für das Gegenteil; aber seine Meinung über das wiedergewonnene Paradies ist keineswegs recht begründet. Welch triviale Umstände veranlassen die Menschen oft, etwas zu behaupten, was sie nicht wirklich glauben! Vielleicht ist ein unbeabsichtigtes Wort in die Nachwelt übergegangen. Aber in der Tat steht das wiedergewonnene Paradies dem verlorenen Paradies wenig oder gar nicht nach, und man soll es nur deshalb sein, weil die Menschen keine Epen mögen, was sie auch behaupten mögen, und wenn sie die von Milton in ihrer natürlichen Ordnung lesen, sind sie zu sehr mit dem ersteren überdrüssig, um aus dem zweiten irgendein Vergnügen zu ziehen.

Ich wage zu behaupten, Milton zog Comus vor – wenn dem so ist – mit Recht vor.

☆ ☆ ☆ ☆ ☆

Da ich von der Poesie spreche, so wird es nicht verkehrt sein, die eigentümlichste Ketzerei in ihrer neueren Geschichte ein wenig zu berühren, die Häresie dessen, was man sehr töricht die Lake-Schule nennt. Vor einigen Jahren hätte mich eine Gelegenheit wie die jetzige veranlaßt sehen können, den Versuch einer förmlichen Widerlegung ihrer Lehre zu machen; Gegenwärtig wäre es ein Werk der Überheblichkeit. Die Weisen müssen sich der Weisheit solcher Männer wie Coleridge und Southey beugen, aber da sie weise sind, haben sie über poetische Theorien gelacht, die so prosaisch dargelegt sind.

Aristoteles hat die Poesie mit eigentümlicher Sicherheit für die philosophischste aller Schriften erklärt*— aber es bedurfte eines Wordsworth, um es für das metaphysischste zu erklären. Er scheint zu denken, dass das Ende der Poesie eine Belehrung ist oder sein sollte — und doch ist es eine Binsenweisheit, dass das Ziel unseres Daseins das Glück ist; Wenn dem so ist, dann sollte das Ende jedes einzelnen Teils unseres Daseins, d. h. alles, was mit unserem Dasein zusammenhängt, immer noch Glück sein. Daher sollte das Ziel der Unterweisung das Glück sein; und Glück ist ein anderer Name für Vergnügen; — daher sollte der Zweck des Unterrichts das Vergnügen sein: und doch sehen wir, daß die oben erwähnte Meinung gerade das Gegenteil impliziert.*

Um fortzufahren: ceteris paribus, wer gefällt, ist für seine Mitmenschen wichtiger als der, der belehrt, denn die Nützlichkeit ist Glück, und die Lust ist der bereits erreichte Zweck, den die Belehrung nur zu erlangen ist.

Ich sehe also keinen Grund, warum unsere metaphysischen Dichter sich so sehr auf die Nützlichkeit ihrer Werke stützen sollten, wenn sie nicht tatsächlich von einer Belehrung mit Blick auf die Ewigkeit sprechen; in diesem Falle würde mir die aufrichtige Achtung vor ihrer Frömmigkeit nicht erlauben, meine Verachtung für ihr Urteil auszudrücken; eine Verachtung, die schwer zu verbergen wäre, da ihre Schriften angeblich von wenigen verstanden werden sollen und es die Vielen sind, die des Heils bedürfen. In einem solchen Falle wäre ich ohne Zweifel versucht, an den Teufel in Melmoth zu denken, der sich unermüdlich durch drei Oktavbände arbeitet, um die Vernichtung einer oder zweier Seelen zu vollbringen, während jeder gemeine Teufel ein oder zweitausend vernichtet hätte.

☆ ☆ ☆ ☆ ☆

Gegen die Feinheiten, die die Poesie zu einer Studie — nicht zu einer Leidenschaft — machen würden, wird sie zum Metaphysiker der Vernunft, zum Dichter zum Protest. Und doch sind Wordsworth und Coleridge Männer an Jahren; der eine von seiner Kindheit an von Kontemplation durchdrungen, der andere ein Riese an Intellekt und Gelehrsamkeit. Die

Mißtrauen, mit der ich ihre Autorität zu bestreiten wage, würde also überwältigend sein, wenn ich nicht aus tiefstem Herzen fühlte, daß die Gelehrsamkeit wenig mit der Phantasie, der Intellekt mit den Leidenschaften, oder das Alter mit der Poesie zu tun hat.

* * * * *

*"Kleinigkeiten, wie Strohhalme, auf der Oberflächenströmung,
Wer Perlen suchen will, muss hinabtauchen."*

sind Linien, die viel Unheil angerichtet haben. Was die größeren Wahrheiten anbelangt, so irren sich die Menschen häufiger, indem sie sie unten als oben suchen; Die Tiefe liegt in den riesigen Abgründen, in denen die Weisheit gesucht wird – nicht in den greifbaren Palästen, in denen sie zu finden ist. Die Alten hatten nicht immer recht, wenn sie die Göttin in einem Brunnen versteckten: man bezeuge das Licht, das Bacon auf die Philosophie geworfen hat; Zeuge sind die Grundsätze unseres göttlichen Glaubens – jener moralische Mechanismus, durch den die Einfalt eines Kindes die Weisheit eines Mannes überwiegen kann.

Die Poesie ist vor allem ein schönes Gemälde, dessen Farbtöne bei genauester Betrachtung eine Verwirrung sind, die noch schlimmer verwirrt wird, die aber kühn mit dem flüchtigen Blick des Kenners beginnt.

Ein Beispiel dafür, wie Coleridge zum Irrtum neigte, sehen wir in seiner Biographia Literaria – angeblich sein literarisches Leben und seine Meinungen, in Wirklichkeit aber eine Abhandlung de omni scibili et quibusdam aliis. Er irrt sich gerade wegen seiner Tiefgründigkeit, und von seinem Irrtum haben wir einen natürlichen Typus in der Betrachtung eines Sterns. Wer ihn unmittelbar und intensiv betrachtet, der sieht zwar den Stern, aber er ist der Stern ohne Strahl, während derjenige, der ihn weniger neugierig betrachtet, sich all dessen bewußt ist, wozu der Stern uns unten nützlich ist, seines Glanzes und seiner Schönheit.

* * * * *

Was Wordsworth betrifft, so habe ich kein Vertrauen in ihn. Daß er in seiner Jugend die Gefühle eines Dichters hatte, glaube ich – denn es gibt Anflüge von äußerster Zartheit in seinen Schriften – (und Zartheit ist des Dichters eigenes Reich – sein Eldorado) –, aber sie haben den Anschein eines besseren Tages in Erinnerung; und flüchtige Blicke sind bestenfalls wenig Beweise für gegenwärtiges poetisches Feuer – wir wissen, dass täglich ein paar verstreute Blumen in den Spalten der Lawine sprießen.

Er war schuld daran, daß er seine Jugend in der Kontemplation mit dem Ende des Dichtens in seinem Mannesalter zermürbte. Mit der Zunahme seines Urteils ist das Licht, das es sichtbar machen sollte, erloschen. Sein Urteil ist daher zu richtig. Man mag das nicht verstehen, aber die alten Goten Deutschlands hätten es verstanden, die zweimal über Angelegenheiten zu debattieren pflegten, die für ihren Staat von Bedeutung waren, einmal im betrunkenen Zustand, und einmal im nüchternen Zustand, damit es ihnen an Förmlichkeit nicht fehle, betrunken, um nicht an Kraft zu verlieren.

Die langen, wortreichen Erörterungen, mit denen er uns zur Bewunderung seiner Poesie zu veranlassen sucht, sprechen sehr wenig zu seinen Gunsten: sie sind voll von Behauptungen wie dieser: (Ich habe einen seiner Bände aufs Geratewohl aufgeschlagen): "Vom Genie ist der einzige Beweis die Tat, das zu tun, was wert ist, getan zu werden, und was noch nie zuvor getan worden ist" – in der Tat! Daraus folgt, daß bei der Handlung dessen, was unwürdig ist, getan zu werden, oder was schon früher getan worden ist, kein Genie bewiesen werden kann: und doch ist das Taschenbohren eine unwürdige Handlung, Taschen sind seit undenklichen Zeiten geknackt worden, und Barrington, der Taschendieb, in Bezug auf das Genie, würde einen Vergleich mit William Wordsworth ernst genommen haben. der Dichter.

Ferner — die Schätzung des Verdienstes gewisser Gedichte, mögen sie nun von Ossian oder M'Pherson sein, kann gewiß von geringer Bedeutung sein, und doch, um ihre Wertlosigkeit zu beweisen, hat Herr W. viele Seiten in die Kontroverse eingebracht. Tantæne animis? Können große Geister zu einer solchen Absurdität herabsteigen? Schlimmer noch: um jedes Argument zu Gunsten dieser Gedichte niederzuschlagen, schleppt er triumphierend eine Stelle voran, von der er in seinem Greuel erwartet, daß der Leser Mitleid empfinde. Es ist der Anfang des epischen Gedichts "Temora". "Die blauen Wellen von Ullin rollen im Licht; die grünen Hügel sind mit Tag bedeckt; Bäume schütteln ihre düsteren Köpfe im Wind." Und dies – diese herrliche und doch einfache Bildsprache – wo alles lebendig ist und vor Unsterblichkeit keucht – als die Erde nichts Großartigeres und kein schöneres Paradies hat – das – William Wordsworth, der Autor von Peter Bell, hat sich ausgesucht, um es mit seiner imperialen Verachtung zu würdigen. Wir werden sehen, was er in seiner eigenen Person Besseres zu bieten hat. Imprimis:

> "Und jetzt ist sie am Kopf des Ponys,
> Und jetzt ist sie am Schwanz des Ponys,
> Auf dieser Seite, und jetzt auf dieser,
> Und erstickte sie fast vor Seligkeit ...
> Ein paar traurige Tränen vergießt Betty,
> Sie streichelt das Poney, wo oder wann
> Sie weiß es nicht: die glückliche Betty Foy!
> O Johnny! Kümmern Sie sich nicht um den Doktor!«

Zweitens:

> "Der Tau fiel schnell, die ... Sterne fingen an zu blinken,
> Ich hörte eine Stimme, sie sprach – trink, hübsches Geschöpf, trinke;
> Und als ich über die Hecke blickte, sah ich – vor mir erspähte ich
> Ein schneeweißes Berglamm mit einer - Jungfrau an seiner Seite,
> Kein anderes Schaf war in der Nähe, das Lamm war ganz allein,
> Und an einem dünnen Strick war er an einen Stein gefesselt."

Nun zweifeln wir nicht daran, daß das alles wahr ist, wir werden es glauben, ja wir werden es glauben, Herr W. Ist es Sympathie für die Schafe, die du begeistern möchtest? Ich liebe ein Schaf aus tiefstem Herzen.

* * * * *

Aber es gibt Gelegenheiten, lieber B——, es gibt Gelegenheiten, bei denen selbst Wordsworth vernünftig ist. Auch Stamboul, so sagt man, soll ein Ende haben, und die unglücklichsten Fehler müssen ein Ende haben. Hier ein Auszug aus seinem Vorwort.

"Diejenigen, die an die Ausdrucksweise der modernen Schriftsteller gewöhnt sind, wenn sie darauf beharren, dieses Buch bis zu einem Schluß zu lesen (unmöglich!) zweifellos mit Gefühlen der Unbeholfenheit zu kämpfen haben; (ha! ha! ha!) Sie werden sich nach Poesie umsehen (ha! ha! ha! ha! ha!) und werden veranlaßt werden, sich zu erkundigen, durch welche Art von Höflichkeit es diesen Versuchen gestattet worden ist, diesen Titel anzunehmen." Ha! ha! ha! ha! ha!

Doch laß Herrn W. nicht verzweifeln, er hat einem Wagen Unsterblichkeit gegeben, und die Biene Sophokles hat eine wunde Zehe verewigt und eine Tragödie mit einem Chor von Truthähnen gewürdigt.

* * * * *

Von Coleridge kann ich nur mit Ehrfurcht sprechen. Sein überragender Intellekt! Seine gigantische Kraft! Um einen von ihm selbst zitierten Autor zu gebrauchen: "J'ai trouve souvent que la plupart des sectes ont raison dans une bonne partie de ce quelles avancent, mais non pas en ce quelles nient", und, um seine eigene Sprache zu gebrauchen, hat er seine eigenen Vorstellungen durch die Schranke, die er gegen die anderer errichtet hat, beeinträchtigt. Es ist bedauerlich, zu denken, daß ein solcher Geist in der Metaphysik begraben ist und, wie der Nyktanthes, seinen Duft nur an die Nacht verschwendet. Beim Lesen der Poesie dieses Mannes zittere ich, wie jemand, der auf einem Vulkan steht und sich aus der Dunkelheit, die aus dem Krater hervorbricht, des Feuers und des Lichts bewusst ist, die unten wüten.

Was ist Poesie? — Poesie! diese Proteus-ähnliche Idee, mit so vielen Bezeichnungen wie die Corcyra mit neun Titeln! Geben Sie mir, forderte ich vor einiger Zeit einen Gelehrten, geben Sie mir eine Definition von Poesie? »Tres volontiers« – und er ging in seine Bibliothek, brachte mir einen Dr.

Johnson und überwältigte mich mit einer Definition. Schatten des unsterblichen Shakspeare! Ich stellte mir den finstern Blick Ihres geistlichen Auges auf die Obszönität dieses skurrilen Ursa Major vor. Denken Sie an Poesie, lieber B——, denken Sie an Poesie, und denken Sie dann an – Dr. Samuel Johnson! Denke an alles, was luftig und märchenhaft ist, und dann an alles, was häßlich und sperrig ist; Denken Sie an seine riesige Masse, den Elefanten! und dann – und dann denken Sie an den Sturm – den Sommernachtstraum – Prospero – Oberon – und Titania!

*****

Meiner Meinung nach ist ein Gedicht einem wissenschaftlichen Werk dadurch entgegengesetzt, daß es die Lust, nicht die Wahrheit zum unmittelbaren Gegenstand hat; der Romantik, indem es ein unbestimmtes statt eines bestimmten Vergnügens zum Gegenstand hat, da es nur so weit ein Gedicht ist, als dieses Ziel erreicht wird; die Romantik, die wahrnehmbare Bilder mit bestimmten, die Poesie mit unbestimmten Empfindungen darstellt. wozu die Musik eine wesentliche Voraussetzung ist, da das Erfassen des süßen Klanges unsere unbestimmteste Vorstellung ist. Musik, wenn sie mit einer lustvollen Idee kombiniert wird, ist Poesie; Musik ohne die Idee ist einfach Musik; Die Idee ohne die Musik ist Prosa schon durch ihre Endgültigkeit.

Was war mit den Schmähungen gegen ihn gemeint, der keine Musik in seiner Seele hatte?« [[sic]]

Um dieses lange Geschwätz zusammenzufassen, so habe ich, lieber B——, das, was Sie ohne Zweifel für die metaphysischen Dichter als Dichter empfinden, die souveränste Verachtung. Dass sie Anhänger haben, beweist nichts ...

Kein indischer Prinz hat seinen Palast
Mehr Gefolgsleute als ein Dieb bis zum Galgen.

EINLEITUNG.

Romantik, die es liebt zu nicken und zu singen,
Mit schläfrigem Kopf und gefalteten Flügeln,
Zwischen den grünen Blättern, die zittern
Weit unten in einem schattigen See,
Für mich ein bemaltes Papagei
Er war – ein höchst vertrauter Vogel –
Er hat mir mein Alphabet beigebracht, um zu sagen ...
Um mein allerfrühestes Wort zu lispeln,
Während ich im wilden Walde war, lag ich
Ein Kind – mit einem höchst wissenden Auge.

Folgende Jahre, zu wild zum Singen,
Dann rollt wie tropische Stürme dahin,
Wo, wenn die grellen Lichter, die fliegen
Sterben am aufgewühlten Himmel.

Liegen unbedeckt, durch donnerzerrissene Ausblicke,
Die Schwärze des allgemeinen Himmels,
Eben diese Schwärze schleudert doch
Licht auf dem silbernen Flügel des Blitzes.

Denn da ich ein müßiger Knabe lang syne bin,
die Anakreon lasen und Wein tranken,
Ich habe schon früh Anakreon-Reime gefunden
Waren manchmal fast leidenschaftlich …
Und durch die seltsame Alchemie des Gehirns
Seine Freuden verwandelten sich immer in Schmerz –
Seine Naivität gegenüber wilder Begierde …
Seinen Witz zur Liebe – seinen Wein zum Feuer –
Und so bin ich jung und in Torheit versunken
Ich verliebte mich in die Melancholie,
Und pflegte meine irdische Ruhe zu werfen
Und ganz still im Scherz …
Ich könnte nicht lieben, außer dort, wo der Tod
Vermischte sich mit dem Atem der Schönen …
Oder Hymen, Zeit und Schicksal
Wir haben uns zwischen ihr und mir angepirscht.

O, dann die ewigen Kondorjahre
So erschütterte der Himmel in der Höhe,

Mit Tumult, wie sie vorüberdonnerten;
Ich hatte keine Zeit für müßige Sorgen,
Durch den Blick in den unruhigen Himmel!
Oder wenn eine Stunde mit ruhigerem Flügel
Es ist niedergeschlagen auf meinen Geist geschleudert,
Die kleine Stunde mit Leier und Reim
Zum Verweilen – verbotenes Ding!
Mein Herz fürchtete halb, ein Verbrechen zu sein
Es sei denn, sie zitterte mit der Sehne.

Aber jetzt hat meine Seele zu viel Raum ...
Vorbei sind der Ruhm und die Finsternis ...
Das Schwarz ist in Grau übergegangen,
Und alle Feuer erlöschen.

Mein Trank der Leidenschaft ist tief gewesen –
Ich schwelgte, und ich würde nun schlafen ...
Und Nachtrunkenheit der Seele
Folgt die Herrlichkeit der Schüssel -
Eine müßige Sehnsucht Tag und Nacht
Um mein Leben zu träumen.

Aber Träume – von denen, die träumen wie ich,
Aspirant, werden verdammt und sterben:

*Doch sollte ich schwören, ich meine allein,
Durch so schrill geblasene Töne,
Um die Monotonie der Zeit zu durchbrechen,
Und doch meine leere Freude und Trauer
Sind von dem gelben Blatt getönt -
Warum nicht einen Kobold, den der Graubart hat,
Wird seinen Schatten auf meinem Weg schütteln ...
Und selbst der Graubart sieht nicht mehr aus
Hinterhältig mein Traumbuch.*

NACH HELEN.

Helena, deine Schönheit ist mir
Wie jene nizäischen Barken von einst,
Dass sanft, über einem parfümierten Meer,
Der müde, abgenutzte Wanderer langweilte
An seine eigene heimatliche Küste.

Auf verzweifelten Meeren, die schon lange zu durchstreifen pflegen,
Dein Hyazinthenhaar, dein klassisches Gesicht,
Deine Najaden-Lüfte haben mich nach Hause gebracht
Zur Schönheit des schönen Griechenlands,
Und die Pracht des alten Roms.

Lo! in dieser kleinen Fensternische
Wie statuenhaft sehe ich dich stehen!
Die gefaltete Schriftrolle in deiner Hand –
Eine Psyche aus den Regionen, die
Sind Heiliges Land!

ISRAFEL.*

I.

Im Himmel wohnt ein Geist
deren Herzenssaiten eine Laute sind -
Keiner singt so wild – so gut
Wie der Engel Israfel …
Und die schwindelerregenden Sterne sind stumm.

II.

Oben wankt
In ihrem höchsten Mittag
Der verliebte Mond
Errötet vor Liebe —
Währenddessen, um zu lauschen, der rote Levin
Pausen im Himmel.

*Und der Engel Israfel, der die
süßeste Stimme aller Geschöpfe Gottes.
— KORAN.

III.

Und sie sagen (der Sternenchor
Und all die Dinge zum Hören)
Dass das Feuer des Israfeli
Ist dieser Leier zu verdanken
Mit diesen ungewöhnlichen Saiten.

IV.

Aber die Himmel, die dieser Engel betrat,
Wo tiefe Gedanken eine Pflicht sind -
Wo die Liebe ein erwachsener Gott ist –
Wo Houri-Blicke sind …
— Bleib! Wende deine Augen in die Ferne! —
Durchdrungen von all der Schönheit
Die wir in jenem Stern anbeten.

V.

Du hast also nicht unrecht
Israfeli, der verachtet
Ein unleidenschaftliches Lied:
Dir gehören die Lorbeeren
Bester Barde, — weil der Weiseste.

VI.

Die Extacies [[Ekstasen]] oben
Mit deinen brennenden Maßregeln anzug -
Dein Kummer – wenn überhaupt – deine Liebe
Mit der Inbrunst deiner Laute –
Mögen die Sterne stumm sein!

VII.

Ja, der Himmel ist dein, aber dieser
Ist eine Welt voller Süßigkeiten und Saueres:
Unsere Blumen sind bloß – Blumen,
Und den Schatten deiner Seligkeit
Ist unser Sonnenschein.

VIII.

Wenn ich dort wohnte, wo Israfel
Hat gewohnt, und er, wo ich war,
Er sang nicht die Hälfte so gut ...
Halb so leidenschaftlich,
Und ein stürmischerer Ton als dieser würde anschwellen
Von meiner Leier in den Himmel.

DIE DEM UNTERGANG GEWEIHTE STADT.

Lo! Der Tod hat sich zu einem Thron erhoben
In einer fremden Stadt, ganz allein,
Tief unten im dämmrigen Westen ...
Und das Gute und das Böse und das Schlimmste und das Beste,
Sind zu ihrer ewigen Ruhe gegangen.

Dort gibt es Schreine und Paläste und Türme
Sind — nicht wie irgend etwas von uns —
O! nein – O! Nein – unsere drohen nie
In den Himmel mit dieser gottlosen Finsternis!
Von der Zeit zerfressene Türme, die nicht zittern!
Umher, durch aufkommende Winde vergessen,
Resigniert unter freiem Himmel
Die melancholischen Wasser liegen.

Einen Himmel, den Gott nicht verachtet
Mit Sternen ist wie ein Diadem –
Wir vergleichen die Augen unserer Damen mit ihnen ...

Aber da! Dieser ewige Mantel!
Es wäre ein Hohn,
Solch eine Tristesse ist überhaupt ein Himmel.

Doch es kommen keine heiligen Strahlen herab
In der langen Nacht dieser Stadt,
Licht aus der grellen Tiefsee
Strömt lautlos die Türme hinauf –
Hoch auf Throne – hinauf auf längst vergessene Lauben
Von skulpturiertem Efeu und steinernen Blumen —
Hoch auf Kuppeln – hinauf auf Türme – hinauf in königliche Hallen
…
Hoch auf Fanes – hinauf auf babylonische Mauern –
Auf manchen melancholischen Schrein
Deren Gebälk ineinander greifen
Die Maske, die – die Gambe – und die Ranke.

Es gibt offene Tempel – offene Gräber
auf Augenhöhe mit den Wellen sind —
Aber nicht die Reichtümer, die dort liegen
Im diamantenen Auge jedes Idols.
Nicht die fröhlichen Toten
Locken Sie das Wasser aus ihrem Bett:
Denn keine Wellen kräuseln sich, ach!
Entlang dieser Wildnis aus Glas …

Keine Schwellungen deuten darauf hin, dass Winde
Auf einem fernen, glücklicheren Meer:
Mischen Sie also die Türme und Schatten dort
Dass alles in der Luft zu hängen scheint,
Während von den hohen Türmen der Stadt
Der Tod blickt gigantisch nach unten.

Aber siehe! Ein Wirbel liegt in der Luft!
Die Welle! Da ist eine Welle!
Als ob die Türme zur Seite geworfen hätten,
In leichtem Sinken die dumpfe Flut -
Als ob die Türmchenspitzen nachgegeben hätten
Ein Vakuum im filmischen Himmel:
Die Wellen haben jetzt einen röteren Glanz ...
Die Stunden atmen tief ...
Und wenn, ohne irdisches Stöhnen,
Unten, unten wird sich die Stadt niederlassen,
Die Hölle erhebt sich von tausend Thronen
Soll es mit Ehrfurcht tun,
Und der Tod in ein glücklicheres Klima
Wird seine ungeteilte Zeit geben.

MÄRCHENLAND.

Setz dich neben mich, Isabel,
Hier, Liebste, wo der Mondstrahl fiel
Gerade jetzt so märchenhaft und gut.
Jetzt bist du für das Paradies gekleidet!
Ich bin sternenüberwältigt von deinen Augen!
Meine Seele räkelt sich in deinen Seufzern!
Dein Haar wird vom Mond gehoben
Wie Blumen durch den leisen Atem des Juni!
Setz dich, setz dich – wie sind wir hierher gekommen?
Oder ist es alles nur ein Traum, meine Liebe?

Du kennst diese gewaltigste Blume ...
Diese Rose – das, wie ihr sie nennt –, die hing
Aufgestiegen wie ein Hundestern in dieser Laube –
Heute blies der Wind, und er schwankte

So unverschämt in meinem Gesicht,
Also wie ein lebendiges Ding, weißt du,
Ich riss es von seinem Ehrenplatz
Und es in Stücke schüttelte – so
Seid alle Undankbarkeit vergolten.
Die Winde liefen mit ihm entzückt davon,
Und durch die Öffnung links, sobald
Als sie ihren Mantel abwarf, jener Mond,
Hat einen Strahl mit einer Melodie nach unten geschickt.

Und dieser Strahl ist ein Feenstrahl ...
Hast du es nicht gesagt, Isabel?
Wie fantastisch es fiel
Mit einer spiralförmigen Drehung und einem Wellengang,
Und über dem nassen Gras kräuselte sich
Mit einem Klingeln wie eine Glocke!
Den ganzen Weg in meinem eigenen Land
Wir können einen Mondstrahl entdecken
Die durch ein paar zerfledderte Vorhänge
In die Dunkelheit eines Raumes,
Ist vorbei (die eigentliche Quelle der Finsternis)
Die Stäubchen und Staub und Fliegen,
Auf dem es zittert und liegt
Wie Freude über Leid!

O, wann wird der morgige Tag kommen?
Isabel! Fürchtest du dich nicht
Die Nacht und die Wunder hier?
Düstere Täler! und schattenhafte Überschwemmungen!
Und wolkig aussehende Wälder
Deren Formen wir nicht entdecken können
Für die Tränen, die überall hintropfen!

Riesige Monde — seht! Wachsen und Abnehmen
Wieder — wieder — wieder —
Jeden Augenblick der Nacht …
Ständig wechselnde Orte!
Wie sie das Sternenlicht löschen
Mit dem Atem aus ihren bleichen Gesichtern!

Lo! Einer kommt herunter
Mit seiner Mitte auf der Krone
Von der Größe eines Berges!
Runter – immer noch runter – und runter –
Nun wird tief sein – O tief!
Die Leidenschaft unseres Schlafes!
Für diesen breiten Umfang
In leichten Faltenwürfen
Schläfrig über Flure –

Über zerstörte Mauern -
Über Wasserfälle,
(Stille Wasserfälle!)
O sind die fremden Wälder — drüber das Meer —
Leider! über dem Meer!

IREN.

'T is now (so singt der aufsteigende Mond)
Mitternacht im süßen Monat Juni,
Wenn geflügelte Visionen es lieben zu lügen
Träge auf dem Auge der Schönheit,
Oder schlimmer noch – auf ihrer Stirn zum Tanzen
In der Pracht alter Romantik,
Bis Gedanken und Schlösser übrig sind, ach!
Eine nie zu entwirrende Masse.

Ein Einfluss taufrisch, schläfrig, trübe,
Tropft von diesem goldenen Rand;
Graue Türme verrotten zur Ruhe,
Den Nebel um ihre Brust wickeln:
Sieht aus wie Lethe, seht! Der See
Ein bewusster Schlummer scheint zu beginnen,
Und um alles in der Welt nicht erwachen würde:

Der Rosmarin schläft auf dem Grabe -
Die Lilie räkelt sich auf der Welle -
Und [[a]] Millionen heller Kiefern hin und her,
Wiegen wiegende Schlaflieder, während sie gehen,
An die einsame Eiche, die vor Glückseligkeit taumelt,
Nickend über dem dämmrigen Abgrund.

Alle Schönheit schläft: und siehe! Wo liegt
Mit Flügeln, die zum Himmel hin offen sind,
Irene, mit ihrem Schicksal!
So summt der Mond in ihrem Ohr,
"O gnädige Frau! Wie bist du hierher gekommen?
"Seltsam sind deine Augenlider – seltsam dein Kleid!
"Und seltsam deine herrliche Strähne!
"Gewiß, du bist von fernen Meeren gekommen,
"Ein Wunder für unsere Wüstenbäume!
"Ein sanfter Wind hat es für richtig befunden
"Dein Fenster zur Nacht zu öffnen,
"Und mutwillige Lüfte wehen aus der Baumkrone,
"Lachend durch den Gitterabfall,
"Und schwenke diesen purpurnen Baldachin,
"Wie ein Banner vor deinem träumenden Auge!
»Herrin, erwache! Lady erwacht!
"Um des heiligen Jesus willen!

»Denn seltsam – ängstlich in diesem Saal
"Meine getönten Schatten heben und senken!"

Die Dame schläft: die Toten schlafen alle …
Zumindest so lange, wie die Liebe weint:
Verzückt, liebt der Geist es zu lügen
Solange – Tränen in Memorys Auge:
Aber wenn ein oder zwei Wochen vergehen,
Und das leise Lachen erstickt den Seufzer,
Empört aus dem Grab nimmt
Sein Weg zu einem erinnerten See,
Wo es oft hinging – im Leben – mit Freunden
Im reinen Element zu baden,
Und dort, aus dem unbetretenen Gras,
Wräfen Sie die transparente Braue
Diese Blumen, die sagen (ah, hör sie jetzt!)
Zu den Nachtwinden, die vorbeiziehen,
"Ai! künstliche Intelligenz! leider! – Ach!«
Poren für einen Augenblick, bevor es geht,
Auf den klaren Wassern, die da fließen,
Dann versinkt er innerlich (beschwert von Wo)
Der ungewisse, schattenhafte Himmel unten.
✶ ✶ ✶ ✶ ✶ ✶

Die Dame schläft: oh! Möge sie schlafen
Wie es währt, so seid tief –
Keine eisigen Würmer um ihren Widerling:
Ich bete zu Gott, dass sie lügen möge
Für immer mit so ruhigem Auge,
Dieses Gemach verwandelte sich gegen ein heiligeres ...
Dieses Bett für eine weitere Melancholie.

Weit im Wald, dunkel und alt,
Möge sich für sie ein hohes Gewölbe entfalten,
gegen deren schallende Tür sie geworfen hat,
In der Kindheit mancher müßige Stein —
Irgendein Grab, das oft sein schwarzes
Und Vampyrgeflügelte Paneele zurück,
Flatternder Triumph über den Särgen
Von ihren alten Familienbegräbnissen.

Ein PÄAN.

I.

Wie soll der Begräbnisritus gelesen werden?
Das feierliche Lied, das gesungen wird?
Das Requiem für die liebsten Toten,
Die jemals so jung gestorben ist?

II.

Ihre Freunde blicken sie an,
Und auf ihrer bunten Bahre,
Und weint! — Oh! entehren
Tote Schönheit mit einer Träne!

III.

Sie liebten sie wegen ihres Reichtums ...
Und sie haßten sie wegen ihres Stolzes ...
Aber sie wuchs in schwacher Gesundheit,
Und sie lieben sie – dass sie gestorben ist.

IV.

Sie erzählen mir (während sie sprechen
Von ihrem "kostbaren gestickten Mantel")
Dass meine Stimme schwach wird ...
Dass ich gar nicht singen sollte ...

V.

Oder dass mein Ton sein sollte
Gestimmt zu solch einem feierlichen Gesang
So traurig – so traurig,
Dass die Toten kein Unrecht empfinden.

VI.

Aber sie ist hinüber gegangen,
Mit der jungen Hope an ihrer Seite,
Und ich bin trunken vor Liebe
Von den Toten, die meine Braut sind. —

VII.

Von den Toten – von den Toten, die lügen
Alles dort parfümiert,
Mit dem Tod in ihren Augen,
Und das Leben auf ihrem Haar.

VIII.

So auf dem Sarg laut und lang
Ich schlage zu – das Gemurmel sendete
Durch die grauen Gemächer zu meinem Gesang,
Soll die Begleitung sein.

IX.

Du starbst im Juni deines Lebens -
Aber du bist nicht zu schön gestorben.
Du bist nicht zu früh gestorben,
Und auch nicht mit allzu ruhiger Miene.

X.

Von mehr als Unholde auf Erden,
Dein Leben und deine Liebe sind zerrissen,
Um sich der unbefleckten Heiterkeit anzuschließen
Von mehr als Thronen im Himmel -

XII. [[XI.]]

Darum dir diese Nacht
Ich werde kein Requiem erheben,
Aber weh dich auf deinem Flug,
Mit einem Pæan aus alten Tagen.

DAS TAL NIS.

Weit weg – weit weg –
Weit weg – zumindest so weit
Liegt das Tal wie der Tag
Unten im goldenen Osten ...
Alles schöne Dinge – sind sie nicht
Weit weg – weit weg?

Es wird das Tal Nis genannt.
Und eine syrische Geschichte gibt es
Darüber, was die Zeit gesagt hat
Darf nicht ausgelegt werden.
Irgendetwas über Satans Pfeil ...
Irgendwas mit Engelsflügeln ...
Viel über ein gebrochenes Herz –
Alles über unglückliche Dinge:

Aber bestenfalls "das Tal Nis"
Bedeutet "das Tal der Unruhe".

Einst lächelte es eine stumme Delle
Wo das Volk nicht wohnte,
In die Kriege gezogen -
Und die schlauen, geheimnisvollen Sterne,
Mit einem bedeutungsvollen Antlitz,
Draußen lehnten die unbewachten Blumen:
Oder der Sonnenstrahl ganz rot tropfte
Durch die Tulpen über den Köpfen,
Dann wurde er blasser, als er fiel
Auf dem stillen Asphodel.

Nun werden die Unglücklichen bekennen
Nichts dort ist unbewegt:
Helena, wie dein menschliches Auge
Da liegen die unruhigen Veilchen -
Dort wogt das schilfbewachsene Gras
Über dem alten, vergessenen Grab -
Einer nach dem anderen aus der Baumkrone
Dort fällt der ewige Tau herab -
Dort die unbestimmten und verträumten Bäume

*Rollen Sie wie das Meer in der Nordbrise
Rund um die stürmischen Hebriden ...
Dort fliegen die herrlichen Wolken,
Unaufhörlich rauschend,
Durch den von Schrecken geplagten Himmel,
Rollen wie ein Wasserfall
Jenseits der feurigen Wand des Horizonts —
Dort scheint der Mond bei Nacht
Mit einem höchst unsteten Licht -
Dort dreht sich die Sonne bei Tag
"Über die Hügel und weit weg."*

AL AARAAF.

Was hat Nacht mit Schlaf zu tun?

COMUS

Tycho Brahe entdeckte einen Stern, der in einem Augenblick mit einer Pracht hervorbrach, die die des Jupiters übertraf, dann allmählich verblasste und für das bloße Auge unsichtbar wurde."

[Sonett — An die Wissenschaft]

WISSENSCHAFT! triff die Tochter der alten Zeit, die du bist
Der mit deinen spähenden Augen alles verändert!
Warum machst du so Jagd auf des Dichters Herzen,
Geier! deren Flügel dumpfe Realitäten sind!
Wie sollte er dich lieben – oder wie sollte er dich für weise halten
Wer würde ihn nicht verlassen, auf seiner Wanderung,
In den Himmeln des Schmucks nach Schätzen zu suchen
Obwohl, er sich mit einem unerschrockenen Flügel erhebt?
Hast du Diana nicht aus ihrem Wagen gezerrt,
Und die Hamadryade aus dem Wald gezogen
Einen Zufluchtsort in einem glücklicheren Stern zu suchen?
Die sanfte Najade aus ihrer Brunnenflut?
Die Elfe aus dem grünen Gras? und von mir
Der Sommertraum unter dem Gebüsch?

AL ARAAF [[AARAAF]].

TEIL ZUERST.

Geheimnisvoller Stern!
Du bist mein Traum
Alles eine lange Sommernacht —
Sei jetzt mein Theme!
An diesem klaren Strom,
Von dir will ich schreiben;
In der Zwischenzeit aus der Ferne
Bade mich im Licht!

Deine Welt hat nicht die Schlacken von unserer,
Doch all die Schönheit – all die Blumen
Die unsere Liebe auflisten oder unsere Lauben schmücken
In verträumten Gärten, wo liegen
Den ganzen Tag verträumte Jungfrauen,

Während die silbernen Winde von Circassy
Auf violetten Sofas fallen sie in Ohnmacht.

Wenig – oh! Kleines wohnt in dir
Wie das, was wir auf Erden sehen:
Das Auge der Schönheit ist hier am blauesten
Im falschesten und unwahrsten …
In der süßesten Luft schwebt
Die traurigste und feierlichste Note …
Wenn mit dir gebrochene Herzen sind,
Die Freude scheidet so friedlich,
Dass sein Echo noch wohnt,
Wie das Geräusch in der Schale.
Du! deine wahrhaftigste Art von Trauer
Ist das sanft fallende Blatt -
Du! Deine Rahmung ist so heilig
Trauer ist keine Melancholie.

Es war eine süße Zeit für Nesace – denn dort
Ihre Welt räkelte sich in der goldenen Luft,
In der Nähe von vier hellen Sonnen – eine vorübergehende Pause –
Ein Gartenfleckchen Erde in der Wüste der Seligkeit.

Fort – fort – mitten in den Meeren der Strahlen, die rollen
Empyrianischer Glanz über der entfesselten Seele -

Die Seele, die knapp ist (die Wogen sind so dicht)
Kann sich zu seiner bestimmungsvollen Stellung kämpfen -
In ferne Sphären ritt sie von Zeit zu Zeit,
Und spät zu unserem, dem Begünstigten Gottes —
Aber jetzt, der Herrscher eines verankerten Reiches,
Sie wirft das Zepter beiseite – verlässt das Ruder,
Und inmitten von Weihrauch und hohen geistlichen Hymnen,
Laves in vierfachem Licht ihre Engelsglieder.

Nun die glücklichste, lieblichste auf jener lieblichen Erde,
Woher die "Idee der Schönheit" geboren wurde,
(In Kränzen durch manchen erschrockenen Stern fallend,
Wie Frauenhaar in der Mitte Perlen, bis in der Ferne,
Er leuchtete auf den Hügeln Achaian und wohnte dort)
Sie blickte in die Unendlichkeit – und kniete nieder.
Reiche Wolken, als Baldachin, um sie gekräuselt –
Passende Embleme des Models ihrer Welt ...
Gesehen, aber in Schönheit – nicht behindernd für das Sehen
Von anderer Schönheit, die durch das Licht schimmert -
Ein Kranz, der jede Sternengestalt umrankte,
Und die ganze opalfarbene Luft in Farbe gebunden.

Hastig kniete sie auf einem Bett nieder
Von Blumen: von Lilien, wie sie den Kopf bedecken

Auf dem Jahrmarkt Capo Deucato,*und sprang
So eifrig herum, kurz vor dem Hängen
Auf den fliegenden Fußstapfen von – tiefem Stolz –
Von ihr, die einen Sterblichen liebte†und so starb ...
Die Sephalica, die von jungen Bienen bepflanzt wird,
Hob seinen purpurnen Stiel um ihre Knie -
Und Edelsteinblume,‡von Trapezunt fälschlicherweise genannt —
Insasse der höchsten Sterne, wo es erst beschämt wurde
Alle andere Lieblichkeit: sein gehöhlter Tau
(Der sagenumwobene Nektar, den die Heiden kannten)
Wahnsinnig süß, wurde vom Himmel herabgelassen,
Und fiel auf Gärten der Unverzeihlichen
In Trapezunt und auf einer sonnigen Blume
So wie die Ihrigen darüber, bis zu dieser Stunde,
Er bleibt immer noch und quält die Biene
Mit Wahnsinn und ungewohnter Träumerei –
Im Himmel und in seiner ganzen Umgebung wird das Blatt
Und Blüte der Feenpflanze, in Trauer
Trostloses Verweilen — Trauer, die sie hängt, er [[Kopf,]
Reuige Torheiten, die längst geflohen sind,
Sie hob ihre weiße Brust in die milde Luft

**Über Santa Maura — Olim Deucadia.*
†*Sappho*
‡*Diese Blume wird von Lewehoeck und Tournefort sehr beachtet. Die Biene, die sich von ihrer Blüte ernährt, wird berauscht.*

Wie eine schuldige Schönheit, geläutert und schöner –
Auch Nyktanthes, so heilig wie das Licht
Sie fürchtet sich vor Parfüm, parfümiert die Nacht –
Und Clytia*Sinnieren zwischen mancher Sonne,
Während kleinliche Tränen über ihre Blütenblätter laufen -
Und diese aufstrebende Blume†die auf der Erde entsprang –
Und starb, ehe er kaum zur Geburt erhoben wurde,
Sprengt sein duftendes Herz im Geiste bis zu den Flügeln
Sein Weg in den Himmel, aus dem Garten eines Königs -
Und der Valisnerische Lotus‡dorthin geflogen
Vom Kampf mit den Wassern der Rhone ...
Und dein lieblichster purpurner Duft, Zante!§
Isola d'oro! — Fior di Levante! —
Und die Nelumbo-Knospe | |die ewig schwebt
Mit dem indischen Amor den heiligen Fluss hinunter -

---

*Klytia — Die Chrysantheme Peruvianum oder, um einen bekannteren Ausdruck zu gebrauchen, die Turnsol, die beständig der Sonne zugewandt ist, sich wie Peru, das Land, aus dem sie kommt, mit taufrischen Wolken bedeckt, die ihre Blüten während der heftigsten Hitze des Tages kühlen und erfrischen. — B. de. St. Pierre.
†Im Garten des Königs zu Paris wird eine Art von Serpentin-Aloen ohne Stacheln angebaut, deren große und schöne Blüte während der Zeit ihrer Ausdehnung, die sehr kurz ist, einen starken Geruch der Vanille ausströmt. Sie bläst erst gegen den Monat Juli – dann siehst du, wie sie allmählich ihre Blütenblätter öffnet – sie ausdehnt – verwelkt und stirbt – St. Pierre.
‡In der Rhône findet man eine schöne Lilie von der Valisnerischen Art. Sein Stamm wird sich bis zu einer Länge von drei bis vier Fuß erstrecken und so seinen Kopf in den Schwellungen des Flusses über dem Wasser halten.
§Die Hyazinthe.
| |Es ist eine Fiktion der Indianer, daß Amor zum ersten Mal in einem dieser Häuser den Ganges hinunter trieb – und daß er die Wiege seiner Kindheit noch liebt.

Schöne Blumen und Fee! deren Pflege
Den Gesang der Göttin zu tragen,*in Gerüchen, bis zum Himmel ...

"Geist! die dort wohnt, wo
Im tiefen Himmel,
Die schreckliche und gerechte,
Im Schönheitswetteifer!
Jenseits der blauen Linie ...
Die Grenze des Sterns
Der sich bei der Aussicht umdreht
Von deiner Schranke und deinem Riegel –
Von der überwundenen Barriere
Von den Kometen, die geschleudert wurden
Von ihrem Stolz und von ihrem Thron
Bis zum Schluss Plackerei zu sein ...
Träger des Feuers sein
(Das Feuer ihres Herzens)
Mit Geschwindigkeit, die nicht ermüden darf
Und mit Schmerz, der nicht scheiden wird –
Wer lebt – den wir kennen –
In der Ewigkeit – fühlen wir –

**Und goldene Fläschchen voller Düfte, die die Gebete der Heiligen sind.* — *Pfarrer St. John.*

Aber der Schatten dessen, dessen Stirn
Welcher Geist wird sich offenbaren?
Obgleich die Wesen, die deine Nesace
Dein Bote hat gewusst,
Hast für deine Unendlichkeit geträumt
Ein Modell* aus eigener Kraft ...

Dein Wille ist geschehen, o! Gott!
Der Stern ist hoch geritten
Durch manchen Sturm, aber sie ritt
Unter deinem brennenden Auge,
Und hier, in Gedanken, zu dir ...
In Gedanken, die allein

**Die Humanisten vertraten die Ansicht, dass Gott so zu verstehen sei, dass er in Wirklichkeit eine menschliche Gestalt habe. — Vide Clarke's Sermons, Bd. 1, Seite 26, fol.*

Die Abweichung von Miltons Argumentation veranlaßt ihn, sich einer Sprache zu bedienen, die auf den ersten Blick an ihre Lehre zu grenzen scheint; aber man wird sogleich sehen, daß er sich gegen den Vorwurf hütet, einen der unwissendsten Irrtümer des finsteren Zeitalters der Kirche übernommen zu haben: Dr. Summers' Notizen über Miltons christliche Lehre.

Diese Meinung konnte, trotz vieler gegenteiliger Zeugnisse, nie sehr allgemein sein. Andeus, ein Syrer aus Messopotamien, wurde für diese Meinung als ketzerisch verurteilt. Er lebte zu Beginn des vierten Jahrhunderts. Seine Schüler wurden Anthropmorphiten genannt. — Vide Du Pin.

Zu Miltons Gedichten gehören folgende Zeilen:

Dicite sacrorum præsides nemorum Deæ, &c.
Quis ille primus cujus ex imagine
Natura soliert finxit humanum Gattung?
Eternus, incorruptus, æquævus polo
Unusque et universus exemplar Dei. — Und danach,
Non cui profundum Cæcitas lumen dedit
Dircæus augur vidit hunc alto sinu, &c.

Erklimme dein Reich und sei so
Ein Teilhaber deines Thrones –
Durch geflügelte Fantasie,*
Meine Botschaft ist gegeben
Bis zur Geheimhaltung soll die Kenntnis
In der Umgebung des Himmels."

Sie schwieg – und vergrub dann ihre brennende Wange
Beschämt, inmitten der Lilien dort, um zu suchen
Ein Schutz vor der Inbrunst seines Auges,
Denn die Sterne zitterten vor der Gottheit.
Sie rührte sich nicht – atmete nicht – denn da war eine Stimme
Wie feierlich durchdringt die ruhige Luft!
Ein Klang der Stille auf dem erschrocknen Ohr
Welche verträumten Dichter "die Musik der Sphäre" nennen.
Unsere Welt ist eine Welt der Worte: Stille rufen wir
»Schweigen« – das ist das leiseste Wort von allen –
Hier spricht die Natur, und es gibt ideale Dinge
Flattern schattenhafte Klänge von visionären Flügeln —
Aber ach! nicht so, wenn also in den Bereichen der Höhe
Die ewige Stimme Gottes geht vorüber;

**Seltsamen Tochter Jovis*
Seinem Schosskinde
Der Phantasie. — Goethe.

Und die roten Winde verwelken am Himmel!
»Was wäre denn in Welten, die blindsichtig sind,*Zyklen laufen
Verbunden mit einem kleinen System und einer Sonne
Wo all meine Liebe Torheit ist und die Menge
Denke noch an meine Schrecken als die Gewitterwolke,
Der Sturm, das Erdbeben und der Zorn des Ozeans ...
(Ah, werden sie mich auf meinem noch wütenderen Weg kreuzen?)
Was aber in Welten, die eine einzige Sonne besitzen
Der Sand der Zeit wird dunkler, während er läuft,
Doch dein ist mein Glanz, so gegeben
Um meine Geheimnisse durch den hohen Himmel zu tragen:
Verlasse dein christliches Heim ohne Mieter und fliege,
Mit all deinem Gefolge gegen den Mondhimmel –
Getrennt – wie Glühwürmchen†in der sizilianischen Nacht,
Und schwingt zu anderen Welten ein anderes Licht;
Enthülle die Geheimnisse deiner Gesandtschaft
Zu den stolzen Kugeln, die funkeln – und so sein
Jedem Herzen eine Barriere und ein Verbot
Damit die Sterne nicht in der Schuld des Menschen wanken."

---

*Blindlos – zu klein, um gesehen zu werden. — Legge.
†Ich habe oft eine eigentümliche Bewegung des Glühwürmchens bemerkt. Sie sammeln sich in einem Körper und fliegen von einem gemeinsamen Mittelpunkt aus in unzähligen Radien davon.

Auferstanden das Mädchen in der gelben Nacht,
Der einmondige Vorabend – auf Erden leiden wir
Unser Glaube an eine Liebe – und eine Mondanbetung –
Der Geburtsort der jungen Schönen gab es nicht mehr.
Als dieser gelbe Stern aus den flaumigen Stunden entsprang
Erhob sich die Jungfrau von ihrem Blumenheiligtum,
Und beugte sich über den glänzenden Berg und die düstere Ebene
Ihr Weg — verließ aber noch nicht ihren Therasäischen[[†]] regieren.

---

†Therasæ oder Therasea, die von Seneca erwähnte Insel, die sich in einem Augenblick vor
den Augen der erstaunten Seeleute aus dem Meere erhob.

AL AARAAF.

ZWEITER TEIL.

Hoch auf einem Berg von emaillierten Köpfen -
Wie der schläfrige Hirte auf seinem Bett
Von riesigem Weideland, das in seiner Behaglichkeit liegt,
Er hebt sein schweres Augenlid, fährt zusammen und sieht
Mit manchem gemurmelten "Hoffnung auf Vergebung"
Um welche Zeit der Mond am Himmel quadriert ist -
Von rosigem Haupt, das weit entfernt aufragt
In den sonnenbeschienenen Äther, fing den Strahl ein
Von versunkenen Sonnen am Vorabend, am Mittag der Nacht,
Während der Mond mit dem schönen, fremden Licht tanzte -
Auf solcher Höhe erhoben, erhob sich ein Haufen
Von prächtigen Säulen in der unbelasteten Luft,
Aus parischem Marmor blitzt dieses Zwillingslächeln

Weit unten auf der Welle, die dort funkelte,
Und den jungen Berg in seiner Höhle pflegte:
Von geschmolzenen Sternen*ihr Pflaster, wie z. B. Sturz
Durch die ebenholzfarbene Luft, die den Mantel versilbert
Von ihrer eigenen Auflösung, während sie sterben -
Schmückt nun die Wohnungen des Himmels:
Eine Kuppel, durch verbundenes Licht vom Himmel herabgelassen,
Saß sanft auf diesen Säulen als Krone –
Ein Fenster aus einem kreisförmigen Diamanten, dort,
Schaute hinaus in die purpurne Luft,
Und Strahlen von Gott schossen diese Meteoritenkette nieder
Und die ganze Schönheit zweimal wieder geheiligt,
Außer wenn zwischen dem Empyrean und jenem Ring
Ein eifriger Geist schlug mit seinem düsteren Flügel:
Aber auf den Säulen haben Seraph-Augen gesehen,
Die Dämmerung dieser Welt: dieses Graugrün
Dass die Natur das Beste für das Grab der Schönheit liebt
Lauerte in jedem Gesims, um jeden Architrav -
Und jeder geschnitzte Engel ringsum
Das aus seiner Marmorwohnung hervorlugte
Schien irdisch in der Untiefe seiner Nische zu sein -
Achaische Statuen in einer so reichen Welt?

---

*Irgendein Stern, der von dem zerfallenen Dach
Vom erschütterten Olymp fiel durch Zufall - Milton.

Friese aus Tadmor und Persepolis
Von Balbec und deinem stillen, klaren Abgrund
Zu schönes Gomorra! O[[!]] die Welle*
Ist jetzt über dir – aber zu spät zum Retten! —

Der Klang liebt es, in der Nähe einer Sommernacht zu schwelgen:
Werden Sie Zeuge des Rauschens der grauen Dämmerung
Der sich auf das Ohr stahl, in Eyraco,†
Von manchem wilden Sternengucker vor langer Zeit -
Die sich immer an sein Ohr stiehlt
Der sinnend in die trübe Ferne blickt,
Und sieht die Finsternis wie eine Wolke kommen ...
Ist nicht seine Form – seine Stimme‡ – am greifbarsten und lautesten?

Aber was ist das? — es kommt — und es bringt
Eine Musik dazu – es ist das Rauschen der Flügel –

---

*»Ach! die Welle" – Ula Degusi ist die türkische Bezeichnung; aber an seinen eigenen Ufern wird er Bahar Loth oder Almotanah genannt. Zweifellos gab es mehr als zwei Städte, die im "Toten Meer" versunken waren. Im Tal von Siddim lebten fünf: Adrah, Zeboin, Zoar, Sodom und Gomorra. Stephanus von Byzanz erwähnt acht und Strabo dreizehn (verschlungen) – aber der letzte ist jenseits aller Vernunft. Man sagt (Tacitus, Strabo, Josephus, Daniel, von St. Saba, Nau, Maundrell, Troilo, D'Arvieux), daß man nach einer übermäßigen Dürre die Überreste von Säulen, Mauern u. s. w. über der Oberfläche sieht. Zu jeder Jahreszeit können solche Überreste entdeckt werden, wenn man in den durchsichtigen See hinabblickt, und zwar in solchen Entfernungen, die für das Vorhandensein vieler Ansiedlungen in dem jetzt von den "Asphaltiten" usurpierten Raum sprechen würden.
†Eyraco — Chaldäa.
‡Ich habe oft geglaubt, ich könnte deutlich den Klang der Dunkelheit hören, wenn sie sich über den Horizont schlich.

Eine Pause – und dann ein mitreißender, fallender Zug,
Und Nesace ist wieder in ihren Hallen:
Aus der wilden Energie mutwilliger Eile
Ihre Wangen röteten sich, und ihre Lippen waren gespreizt;
Und eine Zone, die sich um ihre sanfte Taille schmiegte
War unter dem Klopfen ihres Herzens geplatzt:
In der Mitte dieser Halle zum Atmen
Sie hielt inne und keuchte, Zanthe! alles unten ...
Das Feenlicht, das ihr goldenes Haar küßte,
Und sehnte sich danach, zu ruhen, und konnte doch nur dort funkeln.

† [[*]] Junge Blumen flüsterten in Melodien,
Zu glücklichen Blumen in dieser Nacht – und von Baum zu Baum;
Springbrunnen sprudelten Musik, als sie fielen
In manchem sternenbeschienenen Hain oder mondbeschienenen Tal;
Und doch trat Schweigen über die materiellen Dinge ein.
Schöne Blumen, leuchtende Wasserfälle und Engelsflügel —
Und nur der Klang, der aus dem Geiste entsprang
Bore burthen zu dem Zauber, den das Mädchen sang.

»Neath Blauglocke oder Luftschlange ...«
Oder büschelige wilde Gischt

---

*Feen verwenden Blumen wegen ihres Charakters — Lustige Weiber von Windsor.
[[William Shakespeare]]

Das hält den Träumer fern,
Der Mondstrahl weg* —
Helle Wesen! die nachdenken,
Mit halbgeschlossenen Augen,
Auf die Sterne, die du bewunderst
Hat aus den Lüften geschöpft,
Bis sie durch den Schatten blicken, und
Komm runter zu deinen Brauen
Wie – – Augen des Mädchens
Wer dich jetzt anruft ...
Entstehen! von deinen Träumen
In violetten Lauben,
Zur Pflicht, die sich geziemt
Diese sternenklaren Stunden -
Und schütteln Sie sich aus Ihren Locken
Mit Tau belastet
Der Atem dieser Küsse
Die auch sie belasten ...
(Oh, wie ohne dich, Liebe!
Könnten Engel gesegnet sein)?

---

*In der Schrift steht diese Stelle: "Die Sonne wird dir nicht schaden bei Tag und der Mond bei Nacht." Es ist vielleicht nicht allgemein bekannt, daß der Mond in Ägypten die Wirkung hat, Blindheit bei denen hervorzurufen, die mit dem Gesicht seinen Strahlen ausgesetzt schlafen, worauf die Stelle offenbar anspielt.

Diese Küsse der wahren Liebe
Die euch zur Ruhe wiegten,
Oben! — zittere von deinem Flügel
Jedes hinderliche Ding:
Der Tau der Nacht —
Es würde Ihren Flug belasten;
Und wahre Liebe liebkost ...
O! lassen Sie sie auseinander,
Sie sind leicht an den Locken,
Aber halte dich ans Herz.

Ligeia! Ligeia!
Meine Schöne!
Wessen härteste Idee
Wille zum Melodielauf,
O! Ist es dein Wille
Auf die Brise zum Werfen?
Oder, immer noch launisch,
Wie der einsame Albatros,*
Pflicht in der Nacht
(Während sie auf Sendung ist)
Mit Freude Wache zu halten
Auf die Harmonie dort?

---

*Dem Albatros wird nachgesagt, dass er auf dem Flügel schläft.

Ligeia! wo immer
Dein Bild möge sein,
Keine Magie wird trennen
Deine Musik von dir,
Du hast viele Augen gebunden
In einem träumerischen Schlaf...
Aber die Spannungen treten immer noch auf
die deine Wachsamkeit bewahrt —
Das Geräusch des Regens
Die zur Blume hinabspringt,
Und tanzt wieder
Im Rhythmus der Dusche ...
*Das Gemurmel, das aufkommt
Aus dem Anbau von Gras
Sind die Musik der Dinge -
Aber sie sind leider modelliert! —
Fort, meine Liebste,
O! Flie dich fort,
Zu den Quellen, die am klarsten liegen
Unter dem Mondstrahl...
Auf den einsamen See, der lächelt,

---

*Auf diesen Gedanken stieß ich in einer alten englischen Erzählung, die ich jetzt nicht mehr zu erlangen vermag, und die ich aus dem Gedächtnis zitiere: "Das wahre Wesen und gleichsam der Quellkopf und Ursprung aller Musik ist der verie pleasannte [[pleasaunte]] Klang, den die Bäume des Waldes machen, wenn sie wachsen."

In seinem Traum von tiefer Ruhe,
Auf den vielen Sterneninseln
Die seine Brust schmücken -
Wo wilde Blumen, kriechend,
Haben ihren Schatten vermischt,
An seinem Rand schläft
Voll mancher Magd —
Einige haben die kühle Lichtung verlassen, und
Mit der Biene geschlafen haben*—
Wecke sie, mein Mädchen,
Auf Moorland und Lea ...
Los! atmen in ihrem Schlummer,
Alles sanft im Ohr,
Die musikalische Nummer
Sie schlummerten, um zu hören –
Denn was kann erwecken
Ein Engel so bald,
Wem der Schlaf genommen wurde
Unter dem kalten Mond,

---

*Die Wildbiene schläft bei Mondlicht nicht im Schatten.

Der Reim in diesem Vers, wie in einem etwa sechzig Zeilen vorherigen, hat den Anschein von Affektiertheit. Es ist jedoch von Sir W. Scott oder vielmehr von Claud Halcro nachgeahmt, in dessen Munde ich seine Wirkung bewunderte.

O! gäbe es eine Insel,
Auch wenn es noch so wild ist,
Wo die Frau lächeln könnte und
Kein Mensch darf verführt werden u. s. w.

Wie der Zauber, der nicht schlummert
Von Hexerei mögen prüfen,
Die rhythmische Zahl
Wer hat ihn zur Ruhe eingelullt?«

Geister in Flügeln und Engel zum Anblick,
Tausend Seraphe sprengten den empyrianischen Durchgang,
Junge Träume schweben noch auf ihrem schläfrigen Flug -
Seraphen in allem, nur nicht im "Wissen", dem scharfen Licht
Der fiel, gebrochen, durch deine Grenzen, fern
O! Tod! aus dem Auge Gottes auf jenem Stern,
Süß war dieser Irrtum – noch süßer dieser Tod –
Süß war dieser Irrtum — ev'n bei uns der Atem
der Wissenschaft verdunkelt den Spiegel unserer Freude -
Für sie waren es nicht die Simoom und würden vernichten ...
Denn was (für sie) nützt es zu wissen
Dass Wahrheit Lüge ist – oder dass Glückseligkeit Weh ist?
Süß war ihr Tod – mit ihnen war das Sterben weit verbreitet
Mit der letzten Ekstase des sättigenden Lebens -
Jenseits dieses Todes keine Unsterblichkeit –
Aber der Schlaf, der nachdenkt und nicht "sein" soll -
Und da – oh! Möge mein müder Geist wohnen – [Hölle!*
Abgesehen von der Ewigkeit des Himmels – und doch, wie weit
entfernt von

---

*Bei den Arabern gibt es ein Mittelding zwischen Himmel und Hölle, wo die Menschen keine Strafe erleiden, aber dennoch nicht jene ruhige und gleichmäßige Glückseligkeit erlangen, die sie für den himmlischen Genuß charakteristisch halten.

Un no rompido sueno —
Un dia puro — allegre — libre
Quiera —

Libre de amor — de zelo —
De odio — de esperanza — de rezelo,
Luis Ponce de Leon.

Der Kummer ist in "Al Aaraaf" nicht ausgeschlossen, aber es ist jener Schmerz, den die Lebenden für die Toten zu hegen lieben und der in manchen Köpfen dem Delirium des Opiums gleicht. Die leidenschaftliche Erregung der Liebe und die Heiterkeit des Geistes, die mit dem Rausch einhergeht, sind ihre weniger heiligen Freuden, deren Preis für jene Seelen, die "Al Aaraaf" als ihren Wohnsitz nach dem Leben wählen, der endgültige Tod und die Vernichtung ist.

[[*]]Es gibt Tränen vollkommenen Stöhnens
Weinte um dich in Helikon. — Milton.

Welcher schuldige Geist, in welchem Gebüsch,
Hast du nicht den aufrüttelnden Ruf dieses Hymnus gehört?
Aber zwei: Sie fielen: denn der Himmel verleiht keine Gnade
Denen, die nicht um ihres klopfenden Herzens willen hören.
Ein jungfräulicher Engel und ihr seraphischer Liebhaber -
O! wo (und ihr den weiten Himmel drüben suchen könnt)
Kannte man die Liebe, die Blinde, die fast nüchterne Pflicht?
Die ungeleitete Liebe ist gefallen – mitten in "Tränen vollkommenen
Stöhnens":*
Er war ein guter Geist, er, der fiel:
Ein Wanderer an einem moosummantelten Brunnen —
Ein Blick auf die Lichter, die oben leuchten ...
Ein Träumer im Mondstrahl durch seine Liebe:
Was für ein Wunder? denn jeder Stern ist dort augenähnlich,
Und so süß auf das Haar der Schönheit herabschaut ...

Und sie und jeder moosige Frühling waren heilig
Zu seiner Liebe, seinem heimgesuchten Herzen und seiner Melancholie.
Die Nacht hatte (für ihn eine Nacht des Leids)
Auf einem Bergfelsen, der junge Angelo ...
Käfer biegt er sich quer zum feierlichen Himmel,
Und finster auf Sternenwelten blickt, die unter ihm liegen.
Hier saß er mit seiner Liebe, sein dunkles Auge gebeugt
Mit Adlerblick am Firmament entlang:
Jetzt wandte es sich gegen sie – aber immer dann
Er zitterte wieder vor einem konstanten Stern.
»Ianthe, Liebste, sieh! Wie schwach ist dieser Strahl!
Wie schön ist es, so weit in die Ferne zu blicken!
So schien sie an jenem Herbstabend nicht zu sein
Ich verließ ihre prächtigen Hallen – noch trauerte ich, um sie zu verlassen:
Dieser Vorabend – jener Vorabend – ich sollte mich gut erinnern –
Der Sonnenstrahl fiel auf Lemnos mit einem Zauber herab
Auf der 'Arabesq'-Schnitzerei eines vergoldeten Saals
Worin ich saß und an der drapierten Wand ...
Und auf meinen Augenlidern – O! Das schwere Licht!
Wie schläfrig es sie bis in die Nacht!
Auf Blumen vor, und Nebel und Liebe, liefen sie
Mit dem persischen Saadi in seinem Gulistan:
Aber O! Dieses Licht! – Ich schlummerte – der Tod, währenddessen
Habe mir auf dieser schönen Insel die Sinne gestohlen

*So weich, dass kein einziges, seidenes Haar
Erwacht, der schlief – oder wusste, dass er da war.*

*Der letzte Fleck des Himmelskörpers der Erde, auf den ich trat
War ein stolzer Tempel, der Parthenon genannt wurde*—
Noch mehr Schönheit schmiegte sich an ihre Säulenwand
Als dein glühender Busen damit schlägt,†
Und als die alte Zeit mein Flügel entzauberte
Von dort sprang ich – wie der Adler von seinem Turm
Und Jahre, die ich in einer Stunde hinter mir gelassen habe.
Wie lange hing ich an ihren luftigen Fesseln
Die Hälfte des Gartens ihres Globus wurde geschleudert
sich als Diagramm zu meiner Ansicht entfaltet -
Auch mieterlose Städte der Wüste!
Ianthe, die Schönheit drängte sich damals um mich,
Und zur Hälfte wünschte ich, wieder von Männern zu sein.*

*' [["]]Mein Angelo! Und warum sind sie das?
Eine hellere Wohnung ist hier für dich -
Und grünere Felder als in jener Welt oben,
Und die Liebenswürdigkeit der Frauen – und die leidenschaftliche
Liebe.*

---

*1687 war es vollständig – der höchste Punkt Athens.

*†Sie beschatten mehr Schönheit in ihren luftigen Brauen
Und die weißen Brüste der Königin der Liebe. — Marlow [[Marlowe]].*

»Aber, Liste, Ianthe! wenn die Luft so weich ist
Fehlgeschlagen, wie mein Wimpel*Geist sprang in die Höhe,
Vielleicht wurde mir schwindlig – aber die Welt
Ich bin so spät gegangen, wurde ins Chaos geschleudert ...
sprang von ihrem Posten ab, in den Winden auseinander,
Und rollte, eine Flamme, der feurige Himmel quer.
Dachte ich, mein Süßer, dann hörte ich auf, mich zu erheben,
Und fiel – nicht so schnell, wie ich mich zuvor erhob,
Aber mit einer abwärts gerichteten, zitternden Bewegung
Leichte, eherne Strahlen, dieser goldene Stern zu!
Und auch nicht lange das Maß meiner fallenden Stunden,
Denn der nächste aller Sterne war dem unsrigen am nächsten –
Schreckensstern! die inmitten einer Nacht der Heiterkeit kam,
Ein roter Dædalion auf der schüchternen Erde!
"Wir sind gekommen – und auf deine Erde – aber nicht zu uns
Lasst euch von der Muttergottes befiehlen, um zu diskutieren:
Wir kamen, meine Liebe; um, oben, unten,
Fröhliches Glühwürmchen der Nacht, in der wir kommen und gehen,
Und fragen Sie auch nicht nach einem anderen Grund als nach dem
Nicken des Engels
Sie gewährt uns, wie von ihrem Gott bewilligt,
Aber, Angelo, als deine graue Zeit entfaltete sich
Nie sein Feenflügel in der märchenhaften Welt!

---

*Wimpel — für Trieb. — Milton.

*Trüb war seine kleine Scheibe, und Engelsaugen
Allein konnte das Phantom am Himmel sehen,
Als Al Aaraaf zum ersten Mal wusste, dass sie
Kopfüber über das sternenklare Meer -
Aber als seine Herrlichkeit am Himmel anschwoll,
Wie die Büste der glühenden Schönheit unter des menschlichen Auges,
Wir hielten inne vor dem Erbe der Menschen,
Und dein Stern zitterte – wie damals die Schönheit!«
So verweilten die Liebenden im Diskurs
Die Nacht, die schwindete und verging und keinen Tag brachte.
Sie fielen: denn der Himmel gibt ihnen keine Hoffnung
Die nicht hören, weil ihr Herz klopft.*

TAMERLANE.

I.

Gütiger Trost in einer sterbenden Stunde!
Das, Vater, ist (jetzt) nicht mein Thema:
Ich werde nicht wahnsinnig denken, dass diese Macht
Von der Erde möge mich die Sünde schrumpfen
Überirdischer Stolz hat sich geredet in -
Ich habe keine Zeit zum Schwärmen oder Träumen:
Du nennst es Hoffnung – dieses Feuer des Feuers!
Es ist nur die Qual der Begierde -
Wenn ich hoffen kann (O Gott! Ich kann)
Seine Quelle ist heiliger – göttlicher –
Ich würde dich nicht dumm nennen, alter Mann,
Aber das ist nicht deine Gabe.

II.

Höre das Geheimnis eines Geistes
Von seinem wilden Stolz in die Schande gebeugt.

O sehnsüchtiges Herz! (Ich habe geerbt
Dein verdorrender Anteil mit dem Ruhm,
Die glühende Herrlichkeit, die geleuchtet hat
Inmitten der Juwelen meines Throns,
Heiligenschein der Hölle! und mit einem Schmerz
Nicht die Hölle wird mich wieder in Angst und Schrecken versetzen)
O sehnsüchtiges Herz nach den verlorenen Blumen
Und Sonnenschein meiner Sommerstunden!
Die unsterbliche Stimme dieser toten Zeit,
Mit seinem endlosen Glockenspiel
Klingt im Geiste eines Zaubers,
Auf deine Leere, - eine Glocke.
Verzweiflung, die sagenumwobene Vampirfledermaus,
Hat lange an meiner Brust gesessen,
Und ich würde toben, aber dass er schleudert
Eine Ruhe von seinen überirdischen Flügeln.

III.

Ich war nicht immer so wie jetzt:
Das fieberhafte Diadem auf meiner Stirn,
Ich beanspruchte und gewann usurpatorisch ...
Ist nicht dieselbe Erbschaft gegeben,
Rom dem Caesar – das für mich?

Das Erbe eines königlichen Geistes
Und ein stolzer Geist, der
Triumphierend mit der Menschheit.

IV.

Auf Bergboden zeichnete ich zuerst Leben —
Die Nebel des Taglay haben sich vergossen
Nachts ihr Tau auf meinem Haupt,
Und ich glaube, der geflügelte Streit
Und der Tumult der stürmischen Luft
Hat sich in mein Haar geschmiegt.

V.

So spät fiel er vom Himmel – dieser Tau –
(Mitten in den Träumen einer unheiligen Nacht)
Mit der Berührung der Hölle auf mich,
Während das rote Blinken des Lichts
Von Wolken, die wie Banner hingen,
Erschienen vor meinem halbgeschlossenen Auge
Der Prunk der Monarchie,
Und der tiefe Trompetendonner donnert,
Kam eilig auf mich zu und erzählte mir,
Von menschlichen Schlachten, wo meine Stimme,

Meine eigene Stimme, dummes Kind, schwoll an
(O wie würde sich mein Geist freuen,
Und springe bei dem Schrei in mich hinein!)
Der Schlachtruf des Sieges.

VI.

Der Regen fiel auf mein Haupt,
Ungeschützt, und der schwere Wind
War riesenhaft – so du, mein Geist!
Es war nur ein Mensch, dachte ich, der vergoß
Lorbeeren auf mir – und der Rausch,
Der Strom der kalten Luft,
In meinem Ohr gurgelte das Gedränge
Von Reichen, mit dem Gebet des Gefangenen,
Das Summen der Freier und der Ton
Von Schmeicheleien, um den Thron eines Herrschers.

VII.

Meine Leidenschaften aus dieser unglückseligen Stunde
Usurpierte eine Tyrannei, die die Menschen
Habe gedacht, seit ich zur Macht gelangt bin,
Meine angeborene Natur – sei es so:

Aber, Vater, da lebte einer, der damals ...
Dann, in meiner Kindheit, als ihr Feuer
Verbrannt mit einem noch intensiveren Glanz,
(Denn Leidenschaft muss mit der Jugend vergehen)
Wer wusste damals, dass das unendlich ist
Meine Seele — so war auch die Schwäche in ihr.

VIII.

Denn damals war es mein Los
Um in der weiten Welt ein Fleckchen zu spuken
Das, was ich nicht weniger lieben konnte.
So schön war die Einsamkeit
Von einem wilden See mit schwarzem Felsen,
Und die sultanartigen Kiefern, die ringsum aufragten!
Aber als die Nacht ihre Blase geworfen hatte,
An jenem Ort wie an allem,
Und der schwarze Wind murmelte vorüber,
In einem Klagelied der Melodie;
Mein Kindergeist würde erwachen
Zum Schrecken dieses einsamen Sees.
Doch dieser Schrecken war kein Schrecken ...
Aber ein zitterndes Entzücken ...
Ein Gefühl, das nicht das meinige ist

Könnte mich jemals bestechen, um zu definieren,
Und auch nicht Liebe, Ada! wenn es dein wäre.
Wie konnte ich aus diesem Wasser
Trost für meine Vorstellung?
Meine einsame Seele — wie mache ich
Ein Eden dieses düsteren Sees?

IX.

Aber dann ein sanfterer, ruhigerer Zauber,
wie Mondlicht auf meinen Geist fiel,
Und O! Ich habe keine Worte, um es zu sagen
Die Lieblichkeit, gut zu lieben!
Ich werde jetzt nicht versuchen,
Das Mehr als nur die Schönheit eines Gesichts
Deren Lineamente auf meinem Gemüt lasten
Sind Schatten auf dem instabilen Wind.
Ich erinnere mich gut, dass ich dort gewohnt habe,
Seiten mit frühen Überlieferungen über,
Mit herumlungerndem Auge, bis ich gefühlt habe
Die Buchstaben mit ihrer Bedeutung verschmelzen
Zu Fantasien mit – keinem.

X.

War sie nicht aller Liebe wert?
Die Liebe wie in der Kindheit war die meinige -

Es war so wie die Engelsgeister da oben
Könnte neidisch sein – ihr junges Herz, das Heiligtum,
Auf die meine ganze Hoffnung und mein Gedanke
Waren Weihrauch – damals ein gutes Geschenk –
Denn sie waren kindisch und rechtschaffen,
Rein – wie ihr junges Beispiel lehrte:
Warum habe ich es verlassen und bin weggedriftet?
Vertrauen Sie dem inneren Feuer für Licht?

XI.

Wir sind zusammen an Alter und Liebe gewachsen,
Den Wald und die Wildnis durchstreifend,
Meine Brust ihr Schild bei winterlichem Wetter,
Und wenn der freundliche Sonnenschein lächelte,
Und sie würde den sich öffnenden Himmel markieren,
Ich sah keinen Himmel – außer in ihren Augen.

XII.

Die erste Lektion der jungen Liebe ist – das Herz:
Für die Mitte des Sonnenscheins und des Lächelns,
Wenn von unseren kleinen Sorgen abgesehen,
Und über ihre mädchenhafte List lachend,
Ich würde mich an ihre sanfte Brust lehnen,

Und vergieße meinen Geist in Tränen,
Es war nicht nötig, den Rest zu sprechen,
Keine Notwendigkeit, irgendwelche Ängste zu beruhigen
Von ihr, die nicht nach dem Grund fragte,
Aber sie wandte mir ihr ruhiges Auge zu.

XIII.

Ich hatte kein Wesen außer in dir.
Die Welt und alles, was sie enthielt,
In der Erde – der Luft – dem Meer,
Des Vergnügens oder des Schmerzes ...
Das Gute, das Schlechte, das Ideale,
Trübe Eitelkeiten von Träumen bei Nacht,
Und dunklere Nichtigkeiten, die real waren,
(Schatten und ein schattenhafteres Licht)
Auf ihren nebligen Flügeln geteilt,
Und so wurde verwirrt
Dein Bild und ein Name – ein Name!
Zwei getrennte, aber höchst intime Dinge.

XIV.

Wir gingen zusammen auf der Krone
Von einem hohen Berg, der herabblickte

Weit weg von seinen stolzen Naturtürmen
Von Fels und Wald auf den Hügeln —
Die schrumpfenden Hügel! Begirt mit Lauben
Und mit tausend Rinnsalen schreien.

XV.

Ich sprach zu ihr von Macht und Stolz,
Aber mystisch, in solcher Gestalt
Damit sie es für nichts halte außer
Das Gespräch der Augenblicke – in ihren Augen
Ich las – vielleicht zu leichtsinnig –
Ein Gefühl, das sich mit meinem eigenen vermischt ...
Die Röte auf ihrer Wange zu mir,
Schien für einen königlichen Thron geeignet zu sein,
Zu gut, dass ich es sein ließe,
Licht allein in der Wildnis.

XVI.

Dann hüllte ich mich in Pracht
Und setzte eine visionäre Krone auf ...
Doch es war nicht diese Fantasie
Hatte ihren Mantel über mich geworfen,
Dass aber unter dem Pöbel

Der Ehrgeiz des Löwen ist gefesselt,
Und hockt sich vor die Hand eines Hüters,
Nicht so in Wüsten, wo die erhabenen,
Die wilde, die schreckliche Verschwörung
Mit ihrem eigenen Atem, um ihr Feuer zu entfachen.
* * * * *

XVII.

Sprich, heiliger Vater, atmet dort noch
Ein Rebell oder ein Bajazet?
Wie jetzt! Warum zittere, Mann der Finsternis,
Als ob meine Worte das Simoom wären!
Warum beugen die Menschen das Knie,
Dem jungen Tamerlan – mir!

XVIII.

O menschliche Liebe! Du Geist gegeben
Auf Erden hoffen wir auf den Himmel!
Die wie Regen in die Seele fallen
Auf der von Syroc verdorrten Ebene,
Und da du nicht in deiner Macht bist, zu segnen,
Aber lasst das Herz eine Wildnis!
Idee, die das Leben umbindet,
Mit Musik von so seltsamem Klang,

Und die Schönheit einer so wilden Geburt -
Abschied! denn ich habe die Erde gewonnen.

XIX.

Als die Hoffnung, der Adler, der sich emportürmte, sehen konnte
Keine Klippe hinter ihm im Himmel,
Seine Triebe waren herabhängend gebogen,
Und heimwärts wandte sich sein erweichtes Auge.

XX.

Es war Sonnenuntergang: wenn die Sonne scheiden wird,
Da kommt eine Verdrossenheit des Herzens
Zu dem, der noch auf
Die Pracht der Sommersonne.
Diese Seele wird den Abendnebel hassen,
So oft schön, und wird auflisten
Zum Klang der hereinbrechenden Dunkelheit (bekannt
Zu denen, deren Geist lauscht) als eine Einheit
Die in einem Traum der Nacht fliegen würden
Kann aber nicht aus der Nähe einer Gefahr kommen.

XXI.

Was ist mit dem Mond – dem weißen Mond –
Die ganze Schönheit ihres Mittags vergießen,
Ihr Lächeln ist kühl und ihr Strahlen,
In dieser Zeit der Tristesse wird es scheinen,
(So wie du dich in deinem Atem versammelst)
Ein Porträt, das nach dem Tod aufgenommen wurde.

* * * * * *

XXII.

Ich erreichte meine Heimat – welche Heimat? über
Meine Heimat – meine Hoffnung – meine frühe Liebe,
Einsam, wie ich, erhob sich die Wüste,
Mit seinem eigenen Ruhm gebeugt, wächst.

XXIII.

Vater, ich glaube fest ...
Ich weiß – für den Tod, wer kommt für mich
Aus fernen Regionen der Seligkeit,
Wo es nichts zu täuschen gibt,
Hat sein eisernes Tor angelehnt gelassen,
Und Strahlen der Wahrheit, die du nicht sehen kannst,
Blinken durch die Ewigkeit:

Ich glaube, dass Eblis
Eine Falle auf jedem menschlichen Weg –
Sonst wie, wenn sie im heiligen Hain ist,
Ich wanderte von dem Götzen, Liebe,
Der täglich seine verschneiten Flügel duftet
Mit Weihrauch aus Brandopfern,
Von den unbefleckten Dingen;
Deren liebliche Lauben noch so zerrissen sind
Oben mit Spalierstrahlen vom Himmel,
Kein Stäubchen darf meiden – keine kleinste Fliege
Der Blitz seines Adlerauges ...
Wie kam es, dass sich der Ehrgeiz einschlich,
Unsichtbar inmitten des Vergnügens dort,
Bis er kühn wurde, lachte und sprang
In den Verwicklungen der Haare der Liebe?

XXIV.

Wenn mein Friede verflogen ist
In einer Nacht – oder an einem Tag –
In einer Vision – oder in keiner –
Ist es also das weniger, das verschwunden ist?
Ich stand mitten im Gebrüll
Von einem windgepeitschten Ufer,

Und ich hielt es in meiner Hand

Einige Sandpartikel...

Wie hell! und doch zu kriechen

Durch meine Finger in die Tiefe!

Meine ersten Hoffnungen? Nein – sie

Ging herrlich fort,

Wie ein Blitz vom Himmel -

Warum in der Schlacht habe ich das nicht getan?

"Verschiedene Bürger dieses guten Landes, die es gut meinen und gut hoffen, angetrieben von einem gewissen Etwas in ihrer Natur, haben sich dazu geübt, in verschiedenen Essays, Gedichten, Historien und Büchern über Kunst, Phantasie und Wahrheit Dienst zu leisten."

ADRESSE DES AMERICAN COPY-RIGHT CLUB.

WILEY UND PUTNAM'S

BIBLIOTHEK AMERIKANISCHER BÜCHER.

NR. VII

DER RABE UND ANDERE GEDICHTE.

BIS

EDGAR A POE.

NEW YORK UND LONDON.

WILEY UND PUTNAM, 161 BROADWAY: 6 WATERLOO PLACE.

Preis: Einunddreißig Cents.

Inhaltsverzeichnis

[Widmung - An Elizabeth Barrett Barrett]

[Vorwort]

Der Rabe

Das Tal der Unruhe

Braut Ballade

Der Schläfer

Das Kolosseum

Lenore

Katholische Hymne

Israfel

Traumland

Sonett — nach Zante

Die Stadt im Meer

Zu einem im Paradies

Eulalie — Ein Lied

An F...s S. O...—d [Frances Sargent Osgood]

Zu F...

Sonett — Stille

Der Erobererwurm

Der Spukpalast

Szenen aus "Politian"

Sonett — zur Wissenschaft

Al Aaraaf

Tamerlane

Ein Traum

Romanze

Märchenland

Zu ——— ["Die Lauben, in denen ..."]

Zum Fluß ———

Der See — Nach ——

Lied

An Helen

AN DEN EDELSTEN IHRES GESCHLECHTS –

AN DEN AUTOR VON

"DAS DRAMA DES EXILS" —

AN MISS ELIZABETH BARRETT BARRETT,

VON ENGLAND,

ICH WIDME DIESEN BAND,

MIT DER ENTHUSIASTISCHSTEN BEWUNDERUNG

UND MIT DER AUFRICHTIGSTEN WERTSCHÄTZUNG.

E. A. P

.

VORWORT.

Diese Kleinigkeiten werden hauptsächlich in der Absicht gesammelt und neu veröffentlicht, um sich von den vielen Verbesserungen zu lösen, denen sie unterworfen worden sind, während sie nach dem Zufallsprinzip "die Runden der Presse" gemacht haben. Wenn das, was ich geschrieben habe, überhaupt in Umlauf gebracht werden soll, so bin ich natürlich darauf bedacht, dass es so zirkuliert, wie ich es geschrieben habe. Nichtsdestoweniger obliegt es mir, zur Verteidigung meines eigenen Geschmacks zu sagen, daß ich in diesem Buche nichts von großem Wert für das Publikum oder von großem Ansehen für mich selbst halte. Ereignisse, die nicht zu kontrollieren waren, haben mich daran gehindert, mich jemals ernsthaft auf dem Gebiet zu bemühen, das unter glücklicheren Umständen das Gebiet meiner Wahl gewesen wäre. Bei mir war die Poesie kein Zweck, sondern eine Leidenschaft; und die Leidenschaften sollten in Ehrfurcht gehalten werden; Sie dürfen nicht – sie können sich nicht nach Belieben mit Blick auf die armseligen Entschädigungen oder die noch armseligeren Lobpreisungen der Menschheit aufregen.

E. A. P

DER RABE UND ANDERE GEDICHTE.

DER RAVEN.

Einst war es in einer mitternächtlichen Tristheit, während ich schwach und müde nachdachte,
Über manchen wunderlichen und merkwürdigen Band vergessener Überlieferungen,
Während ich nickte und fast ein Nickerchen machte, ertönte plötzlich ein Klopfen:
Wie von jemandem, der sanft klopft, an meine Kammertür klopft.
»Das ist ein Besucher,« murmelte ich, »der an meine Kammertür klopft ...«
Nur das und nichts weiter.«

Ah, ich erinnere mich genau, es war in einem düsteren Dezember,
Und jede einzelne erlöschende Glut wirkte ihren Geist auf den Boden.
Sehnsüchtig wünschte ich den morgigen Tag; – vergeblich hatte ich versucht, etwas zu borgen
Aus meinen Büchern hört der Kummer auf – die Trauer um die verlorene Lenore –
Für die seltene und strahlende Jungfrau, die die Engel Lenore nennen –
Namenlos hier für immer.

Und das seidene, traurige, unsichere Rascheln jedes purpurnen Vorhangs
Begeisterte mich – erfüllte mich mit phantastischen Schrecken, die ich noch nie zuvor gefühlt hatte;

So daß ich nun, um das Klopfen meines Herzens zu beruhigen, dastand und wiederholte
»Es ist irgendein Besucher, der an meiner Kammertür Einlass verlangt
...
Irgendein verspäteter Besucher bittet um Einlass an meiner Zimmertür;
—
Das ist es, und weiter nichts.«

Bald wurde meine Seele stärker; dann nicht länger zögernd,
»Mein Herr,« sagte ich, »oder Madame, wahrhaftig, ich bitte Sie um Verzeihung;
Aber Tatsache ist, dass ich ein Nickerchen gemacht habe, und so sanft kamst du gerappt,
Und so leise kamst du klopfend, klopfend an meine Kammertür,
daß ich kaum sicher war, Sie zu hören« — *hier öffnete ich die Thür weit;*

Dunkelheit dort, und weiter nichts.

Tief in diese Dunkelheit spähend, lange stand ich da und wunderte mich, fürchtete mich,
Zweifelnde, träumende Träume, die kein Sterblicher je zu träumen wagte;
Aber das Schweigen war ununterbrochen, und die Finsternis gab kein Zeichen,
Und das einzige Wort, das da gesprochen wurde, war das geflüsterte Wort: »Lenore!«
Das flüsterte ich, und ein Echo murmelte das Wort zurück: »Lenore!«
Nur das und nichts weiter.

Zurück in die Kammer, die sich drehte, meine ganze Seele in mir brannte,
Bald hörte ich wieder ein Klopfen, etwas lauter als zuvor.
»Gewiß,« sagte ich, »gewiß ist das etwas an meinem Fenstergitter;
Laß mich also sehen, was sich darin befindet, und dieses Geheimnis erforschen ...
Lass mein Herz einen Augenblick still sein und dieses Geheimnis erforschen; —
Es ist der Wind und nichts weiter!«

Hier öffnete ich den Fensterladen, als ich mit manchem Flirt und Flattern
Da trat ein stattlicher Rabe aus den heiligen Tagen von einst herein;

Nicht die geringste Ehrerbietung erwies er ihm; keinen Augenblick hielt er inne oder blieb stehen;
Aber, mit der Miene eines Lords oder einer Dame, über meiner Kammertür thronend ...
Er thronte auf einer Pallas-Büste direkt über meiner Kammertür ...
Hockend und saß und weiter nichts.

Und dieser ebenholzfarbene Vogel, der meine traurige Phantasie zum Lächeln verführt,
Bei dem ernsten und strengen Anstand des Antlitzes, das es trug,
»Wenn auch dein Kamm geschoren und geschoren wäre, so bist du,« sagte ich, »gewiß kein Feige,
Grässlicher, grimmiger und uralter Rabe, der von der nächtlichen Küste wandert -
Sag mir, wie dein edler Name an der plutonischen Küste der Nacht ist!"
Sagte der Rabe: "Nimmermehr."

Ich wunderte mich sehr über dieses unbeholfene Huhn, das so deutlich reden hörte,
Obgleich ihre Antwort wenig Bedeutung – wenig Bedeutung hatte;
Denn wir können nicht umhin, uns darin einig zu sein, dass kein lebendes menschliches Wesen
Er war immer noch gesegnet, einen Vogel über seiner Kammertür zu sehen -
Vogel oder Tier auf der gemeißelten Büste über seiner Kammertür,
Mit einem Namen wie "Nevermore".

Aber der Rabe, der einsam auf der stillen Büste saß, sprach nur
Dieses eine Wort, als ob seine Seele in diesem einen Wort ausgegossen hätte.
Nichts weiter sprach er, als er ausstieß – keine Feder, dann flatterte er –
Bis ich kaum mehr als murmelte: »Andere Freunde sind schon geflogen ...«

Morgen wird er mich verlassen, wie meine Hoffnungen zuvor geflogen sind.«
Da sagte der Vogel: "Nimmermehr."

Erschrocken über die Stille, die durch die so treffend gesprochene Antwort unterbrochen wurde,
»Gewiß,« sagte ich, »was er ausspricht, ist sein einziger Vorrat und Vorrat
Gefangen von einem unglücklichen Herrn, der unbarmherziges Unglück
Folgte schnell und folgte schneller, bis seine Lieder eine Last trugen -
Bis die Klagelieder seiner Hoffnung diese melancholische Last trug
Von "Nie – Niemals".

Aber der Rabe verführt immer noch meine ganze traurige Seele zum Lächeln,
Geradeaus schob ich einen gepolsterten Sitz vor Vogel und Büste und Tür;
Dann, als der Samt versank, machte ich mich daran, mich zu verbinden
Man kann sich einbilden, wenn man bedenkt, was dieser unheilvolle Vogel von einst ...
Was für ein grimmiger, unbeholfener, grässlicher, hagerer und unheilvoller Vogel von einst
Gemeint mit krächzendem "Nimmermehr".

Ich saß da und beschäftigte mich mit Raten, aber keine Silbe drückte aus
Dem Huhn, dessen feurige Augen sich jetzt in den Kern meiner Brust brannten;
Dies und noch mehr saß ich da und hüpfte, den Kopf ruhig zurückgelehnt
Auf dem Samtfutter des Kissens, das das Lampenlicht schadenfroh war,
Aber dessen samtenes Violett mit dem Lampenlicht schadenfroh ist,
Sie wird drängen, ach, nie mehr!

Dann, dachte ich, wurde die Luft dichter, parfümiert von einem unsichtbaren Weihrauchfass
Von Engeln geschwungen, deren leise Schritte auf dem büscheligen Boden klirrten.
»Elender,« rief ich, »dein Gott hat dir geliehen, durch diese Engel hat er dich gesandt
Aufschub – Aufschub und Nepenthe aus deinen Erinnerungen an Lenore!
Quaff, oh quaff diese gütige Nepenthe und vergiss diese verlorene Lenore!«
Sagte der Rabe: "Nimmermehr."

»Prophet,« sagte ich, »Ding des Bösen! — Prophet immer noch, ob Vogel oder Teufel! —
Ob der Versucher gesandt hat oder ob der Sturm dich hier an Land geworfen hat,
Öde und doch ganz unerschrocken, auf diesem verzauberten Wüstenland –
Auf diesem Heim, das vom Schrecken heimgesucht wird – sag mir wahrhaftig, flehe ich an –
Gibt es – gibt es Balsam in Gilead? – sag mir – sag mir, ich flehe!«
Sagte der Rabe: "Nimmermehr."

»Prophet!« sagte ich, »Ding des Bösen – Prophet immer noch, ob Vogel oder Teufel!
Bei dem Himmel, der sich über uns beugt – bei jenem Gott, den wir beide anbeten –
Sag dieser schmerzerfüllten Seele, wenn im fernen Aidenn,
Er soll eine heilige Jungfrau umarmen, die die Engel Lenore nennen –
Umklammere eine seltene und strahlende Jungfrau, die die Engel Lenore nennen."
Sagte der Rabe: "Nimmermehr."

"Sei dieses Wort unser Zeichen des Abschieds, Vogel oder Unhold!" Ich schrie auf, aufstehend ...
"Bring dich zurück in den Sturm und an die plutonische Küste der Nacht!
Laß keine schwarze Feder als Zeichen der Lüge, die deine Seele gesprochen hat!
Lass meine Einsamkeit ungebrochen! — Verlass die Büste über meiner Tür!
Nimm deinen Schnabel aus meinem Herzen und nimm deine Gestalt vor meiner Tür an!"
Sagte der Rabe: "Nimmermehr."

Und der Rabe, der nie flattert, sitzt immer noch, sitzt immer noch
Auf der bleichen Büste des Pallas gerade über meiner Kammertür;
Und seine Augen sehen aus wie die eines träumenden Dämons,
Und das Lampenlicht, das von ihm herabströmt, wirft seinen Schatten auf den Boden;
Und meine Seele aus dem Schatten, der auf dem Boden schwebt
Soll aufgehoben werden – nimmermehr!

DAS TAL DER UNRUHE.

*Einmal lächelte ein stummer Dell,
Wo das Volk nicht wohnte;
Sie waren in die Kriege gezogen,
Im Vertrauen auf die mildäugigen Sterne,
Nächtlich, von ihren azurblauen Türmen,
Über den Blumen Wache zu halten,
Mittendrin den ganzen Tag
Das rote Sonnenlicht lag träge da.
Nun soll jeder Besucher bekennen
Die Unruhe des traurigen Tals.
Nichts dort ist unbeweglich —
Nichts als die Lüfte, die brüten
Über die magische Einsamkeit.
Ach, von keinem Wind werden diese Bäume gerührt
Die klopfen wie die kalten Meere
Rund um die nebligen Hebriden!
Ach, von keinem Wind werden diese Wolken getrieben
Die durch den unruhigen Himmel rauschen,
Unruhig, vom Morgen bis zum Morgen,
Über den Veilchen, die dort liegen
In unzähligen Arten des menschlichen Auges —
Über den Lilien weht die
Und weinen über einem namenlosen Grab!
Sie winken: — aus ihren duftenden Spitzen
Ewiger Tau kommt in Tropfen herab.
Sie weinen: — von ihren zarten Stielen
Immerwährende Tränen fallen in Edelsteinen herab.*

BRIDAL BALLADE.

DER Ring ist an meiner Hand,
Und der Kranz ist auf meiner Stirn;
Satin und Juwelen
Sind alle unter meinem Befehl,
Und ich bin jetzt glücklich.

Und mein Herr, er liebt mich sehr;
Aber als er zum ersten Mal sein Gelübde aushauchte,
Ich fühlte, wie meine Brust anschwoll...
Denn die Worte klangen wie eine Glocke,
Und die Stimme schien ihm zu sein, der gefallen war
In der Schlacht unten in der Schlucht,
Und der sich jetzt noch freut.

Aber er sprach, um mich zu beruhigen,
Und er küßte meine bleiche Stirn,
Während eine Träumerei über mich kam,
Und zum Kirchhof trug mich
Und ich seufzte vor mir zu ihm,
D'Elormie glaubte, er sei tot,
"Oh, ich bin jetzt glücklich!"

Und so wurden die Worte gesprochen:
Und das ist das Gelübde der Betrübten,
Und wenn auch mein Glaube gebrochen wird,
Und wenn auch mein Herz gebrochen wäre,

*Seht euch das goldene Zeichen an
Das beweist mir jetzt, dass ich mich freue!*

*Könnte ich doch Gott erwecken!
Denn ich träume, ich weiß nicht wie,
Und meine Seele ist schwer erschüttert
Damit nicht ein böser Schritt getan werde,
Gegen den Toten, der verlassen ist
Vielleicht bin ich jetzt nicht glücklich.*

DER SCHLÄFER

Um Mitternacht im Monat Juni,
Ich stehe unter dem mystischen Mond.
Ein Opiatdampf, taufrisch, schummrig,
Atmet aus ihrem goldenen Rand aus,
Und sanft tropfend, Tropfen für Tropfen,
Auf dem stillen Berggipfel,
Stehlt schläfrig und musikalisch
Rein ins Tal der Universalwelt.
Der Rosmarin nickt auf dem Grab;
Die Lilie räkelt sich auf der Welle;
Den Nebel um seine Brust wickelnd,
Die Ruine verrottet zur Ruhe;
Sieht aus wie Lethe, seht! Der See
Ein bewusster Schlummer scheint zu beginnen,
Und um alles in der Welt nicht erwachen würde.
All Beauty schläft! – und siehe! Wo liegt
(Ihr Fensterflügel zum Himmel hin geöffnet)
Irene, mit ihren Schicksalen!

Oh, Lady Bright! Kann es richtig sein ...
Dieses Fenster öffnet sich zur Nacht?
Der Mutwillige lüftet von der Baumkrone herab,
Lachend durch den Gitterabfall –
Die körperlosen Lüfte, ein Zauberer,
Flitze durch deine Kammer rein und raus,

*Und schwenken Sie den Vorhangbaldachin
So unruhig – so ängstlich –
Über dem geschlossenen und fransigen Deckel
"Unter dem deine schlummernde Seele verborgen liegt,
Dass, über den Boden und die Wand hinunter,
Wie Gespenster heben und senken sich die Schatten!
Ach, liebe Frau, fürchtest du dich nicht?
Warum und was träumst du hier?
Gewiß, du bist von fernen Meeren gekommen,
Ein Wunder für diese Gartenbäume!
Seltsam ist deine Blässe! Seltsam dein Kleid!
Seltsam vor allem, deine lange Locke,
Und das alles feierliche Schweigen!*

*Die Dame schläft! Oh, möge sie schlafen,
Das ist dauerhaft, also sei tief!
Der Himmel bewahre sie in seiner heiligen Aufbewahrung!
Diese Kammer verwandelte sich in eine heilige,
Dieses Bett für eine weitere Melancholie,
Ich bete zu Gott, dass sie lügen möge
Für immer mit ungeöffnetem Auge,
Während die düsteren Gespenster vorbeiziehen!*

*Meine Liebe, sie schläft! Oh, möge sie schlafen,
So wie es bleibt, so sei tief!
Mögen die Würmer um sie herum sanft kriechen!
Weit im Wald, dunkel und alt,
Möge sich für sie ein hohes Gewölbe entfalten –
Irgendein Gewölbe, das oft sein Schwarz geschleudert hat,
Und geflügelte Pannels flattern zurück,
Triumphierend, über den Schopfbüscheln,
Von den Beerdigungen ihrer Großfamilie ...
Irgendein Grab, abgelegen, allein,
An dessen Pforte sie geworfen hat,*

*In der Kindheit mancher müßige Stein —
Irgendein Grab aus dessen klingender Tür
Sie wird nie mehr ein Echo erzwingen,
Aufregend zu denken, armes Kind der Sünde!
Es waren die Toten, die innerlich seufzten.*

DAS KORISEUM.

TYP des antiken Roms! Reicher Reliquienschrein
Von erhabener Kontemplation, die der Zeit überlassen bleibt
Durch begrabene Jahrhunderte von Prunk und Macht!
Endlich – endlich – nach so vielen Tagen
Von ermüdender Pilgerschaft und brennendem Durst,
(Durst nach den Quellen der Überlieferung, die in dir liegen)
Ich kniee, ein veränderter und demütiger Mann,
Inmitten deiner Schatten, und so trinke innerlich
Meine ganze Seele, deine Größe, Finsternis und Herrlichkeit!

Weite! und Alter! und Erinnerungen an Eld!
Stille! und Verwüstung! und düstere Nacht!
Ich fühle euch jetzt – ich fühle euch in eurer Kraft –
O buchstabiert sicherer als der jüdische König
Gelehrt in den Gärten von Gethsemane!
O Zauber, mächtiger als der entzückte Chaldäer
Jemals von den stillen Sternen herabgezogen!

Hier, wo ein Held gefallen ist, fällt eine Säule!
Hier, wo der mimic Adler in Gold funkelte,
Eine Mitternachtswache hält die dunkelhäutige Fledermaus!
Hier, wo die Damen Roms ihr vergoldetes Haar
Im Winde geschwenkt, nun schwingen Schilf und Distel!
Hier, wo sich der Monarch auf dem goldenen Thron räkelte,
gleitet wie ein Gespenst zu seinem marmornen Heim,

Erleuchtet vom fahlen Licht des gehörnten Mondes,
Die flinke und lautlose Eidechse der Steine!

Aber bleiben! Diese Mauern – diese efeubewachsenen Arkaden –
Diese morschen Sockel – diese traurigen und geschwärzten Schächte –
Dieses vage Gebälk – dieser bröckelnde Fries –
Diese zertrümmerten Gesimse – dieses Wrack – diese Ruine –
Diese Steine – ach! Diese grauen Steine – sind sie alle –
Alle Berühmten und die kolossalen Linken
Durch die zersetzenden Stunden dem Schicksal und mir?

»Nicht alle«, antworten mir die Echos, »nicht alle!
"Prophetische Klänge und Lautheit erheben sich für immer
"Von uns und von allem Verderben zu den Weisen,
"Als Melodie von Memnon bis zur Sonne.
"Wir herrschen über die Herzen der mächtigsten Männer – wir herrschen
"Mit einem despotischen Einfluss beherrschen alle riesigen Geister.
"Wir sind nicht ohnmächtig – wir bleichen Steine.
"Nicht all unsere Macht ist verschwunden – nicht all unser Ruhm –
"Nicht all die Magie unseres hohen Rufs ...
"Nicht all das Wunder, das uns umgibt ...
"Nicht alle Geheimnisse, die in uns liegen ...
"Nicht alle Erinnerungen, die an
"Und klammert sich wie ein Gewand um uns herum,
"Kleide uns in ein Gewand von mehr als Herrlichkeit."

LENORE.

Ah, zerbrochen ist die goldene Schale! Der Geist für immer geflogen!
Lassen Sie die Glocke läuten! – eine heilige Seele schwimmt auf dem stygischen Fluss;
Und, Guy de Vere, hast du keine Träne? — Weine jetzt oder nie mehr!
Siehe! Auf jener düsteren und starren Bahre liegt deine Liebe, Lenore!
Kommen! Laßt den Begräbnisritus lesen – das Leichenlied gesungen werden! —
Eine Hymne für die königlichsten Toten, die je so jung gestorben sind ...
Ein Klagelied für sie, die doppelt tot ist, weil sie so jung gestorben ist.

»Elende! Ihr habt sie geliebt um ihres Reichtums willen und sie um ihres Stolzes willen gehaßt,
"Und als sie in schwacher Gesundheit fiel, habt ihr sie gesegnet, dass sie starb!
"Wie soll dann das Ritual gelesen werden? — das Requiem, wie es gesungen wird
"Durch dich – durch deinen, den bösen Blick, – durch deine, die verleumderische Zunge
»Die die Unschuld, die starb, zu Tode brachte, und zwar so jung?«

Peccavimus; aber schwärmen Sie nicht so! und lass ein Sabbatlied
Steige so feierlich zu Gott hinauf, dass die Toten kein Unrecht empfinden mögen!
Die süße Lenore ist mit der Hoffnung »vorausgegangen«, die daneben flog,
Dich wild machen für das liebe Kind, das deine Braut hätte sein sollen —

Für sie, die Schöne und Liebenswürdige, die jetzt so niedrig liegt,
Das Leben auf ihrem gelben Haar, aber nicht in ihren Augen ...
Das Leben war noch da, auf ihrem Haar – der Tod auf ihren Augen.

»*Verzeihen! Heute Nacht ist mein Herz leicht. Kein Klagelied will ich loben,*
»*Aber weht der Engel auf seinem Fluge mit einem Päan aus alten Tagen!*
"*Laß keine Glocke läuten! – damit ihre süße Seele nicht inmitten ihrer heiligen Heiterkeit*
"*Sollte den Ton auffangen, wie er schwebt – von der verdammten Erde empor.*
"*Zu den Freunden oben, von den Unholden unten, wird das empörte Gespenst zerrissen ...*
"*Von der Hölle bis zu einem hohen Stand weit oben im Himmel ...*
"*Von Trauer und Stöhnen zu einem goldenen Thron an der Seite des Königs des Himmels.*"

KATHOLISCHE HYMNE.

Am Morgen — am Mittag — in der Dämmerung —
Maria! Du hast meinen Hymnus gehört!
In Freud und Leid – in Gut und Böse –
Mutter Gottes, sei immer noch bei mir!
Als die Stunden hell verflogen,
Und nicht eine Wolke den Himmel verdunkelte,
Meine Seele, damit sie nicht schwänze,
Deine Gnade hat dich und dich geleitet;
Jetzt, wo die Stürme des Schicksals
Dunkel meine Gegenwart und meine Vergangenheit,
Lass meine Zukunft strahlend leuchten
Mit süßen Hoffnungen auf dich und die Deinen!

ISRAFEL.*

Im Himmel wohnt ein Geist
"Deren Herzenssaiten eine Laute sind",
Keiner singt so wild gut
Als der Engel Israfel,
Und die schwindelerregenden Sterne (so erzählen die Legenden)
Hört auf mit ihren Hymnen, hört euch dem Zauberspruch an
Von seiner Stimme, ganz stumm.

Oben wankt
In ihrem höchsten Mittag,
Der verliebte Mond
Errötet vor Liebe,
Währenddessen, um zu lauschen, der rote Levin
(Mit den schnellen Plejaden sogar,
Welches waren sieben,)
Pausen im Himmel.

Und sie sagen (der Sternenchor
Und die anderen Dinge zum Zuhören)
Dass das Feuer des Israfeli
Ist dieser Leier zu verdanken
Bei dem er sitzt und singt –
Der zitternde, lebendige Draht
Von diesen ungewöhnlichen Saiten.

Aber die Himmel, die jener Engel betrat,
Wo tiefe Gedanken eine Pflicht sind -
Wo die Liebe ein erwachsener Gott ist —
Wo die Blicke von Houri sind
Durchdrungen von all der Schönheit
Den wir in einem Stern anbeten.

Darum hast du nicht unrecht,
Israfeli, der verachtet
Ein leidenschaftsloser Song;
Dir gehören die Lorbeeren,
Bester Barde, weil der Weiseste!
Fröhlich lebe und lange!

Die Ekstasen oben
Mit deinen brennenden Maßregeln anzug -
Dein Kummer, deine Freude, dein Hass, deine Liebe,
Mit dem Eifer deiner Laute —
Mögen die Sterne stumm sein!

Ja, der Himmel ist dein; aber das
Ist eine Welt voller Süßigkeiten und Saueres;
Unsere Blumen sind bloß – Blumen,
Und den Schatten deiner vollkommenen Glückseligkeit
Ist unser Sonnenschein.

Wenn ich verweilen könnte
Wo Israfel
Hat gewohnt, und er, wo ich war,
Er singt vielleicht nicht so wild gut
Eine sterbliche Melodie,
Auch wenn ein mutigerer Ton als dieser anschwellen könnte
Von meiner Leier in den Himmel.

TRAUMLAND.

AUF einem Weg dunkel und einsam,
Nur von bösen Engeln heimgesucht,
Wo ein Eidolon, genannt NACHT,
Auf einem schwarzen Thron regiert aufrecht,
Ich habe diese Länder erreicht, aber erst vor kurzem
Von einem ultimativen düsteren Thule ...
Aus einem wilden, seltsamen Klima, das erhaben,
Aus dem RAUM – aus der ZEIT.

Bodenlose Täler und grenzenlose Fluten,
Und Abgründe und Höhlen und Titanenwälder,
Mit Formen, die kein Mensch entdecken kann
Für den Tau, der überall tropft;
Berge, die immer weiter stürzen
In Meere ohne Ufer;
Meere, die rastlos streben,
Wogend, bis zum Himmel des Feuers;
Seen, die sich endlos ausbreiten
Ihre einsamen Wasser, einsam und tot,
Ihre stillen Gewässer – still und kühl
Mit dem Schnee der sich räkelnden Lilie.

An den Seen, die sich so ausbreiten
Ihre einsamen Wasser, einsam und tot, –
Ihre traurigen Wasser, traurig und kalt
Mit dem Schnee der sich räkelnden Lilie, —
In den Bergen – in der Nähe des Flusses
leise murmelnd, immer murmelnd, —
Durch die grauen Wälder, — durch den Sumpf
Wo die Kröte und der Molch lagern, —
An den düsteren Seen und Tümpeln

Wo die Gespenster wohnen, -
An jedem Fleck der Unheiligste,
In jedem Winkel die melancholischste, —
Dort trifft der Reisende entsetzt
Erinnerungen an die Vergangenheit —
Verhüllte Formen, die aufschrecken und seufzen
Wenn sie an dem Wanderer vorübergehen ...
Weiß gekleidete Formen von Freunden, die lange beschenkt sind,
Im Todeskampf zur Erde – und zum Himmel.

Für das Herz, dessen Leiden Legion sind
Es ist eine friedliche, beruhigende Gegend -
Für den Geist, der im Schatten wandelt
Es ist – oh, das ist ein Eldorado!
Aber der Reisende, der durch sie reist,
Darf nicht – wage es nicht, es offen zu sehen;
Niemals werden seine Geheimnisse enthüllt
Dem schwachen menschlichen Auge unverschlossen;
So will sein König, der es verboten hat
Das Anheben des Fransenlids;
Und so die traurige Seele, die hier vorübergeht
Schaut es nur durch eine dunkle Brille.

Auf einem Weg undurchsichtig und einsam,
Nur von bösen Engeln heimgesucht,
Wo ein Eidolon, genannt NACHT,
Auf einem schwarzen Thron regiert aufrecht,
Ich bin nach Hause gewandert, aber neu
Von diesem ultimativen düsteren Thule.

SONETT — NACH ZANTE.

SCHÖNE Insel, die von der schönsten aller Blumen
Dein sanftester aller sanften Namen nimmst du an!
Wie viele Erinnerungen an welche strahlenden Stunden
Beim Anblick von dir und den Ihrigen auf einmal erwachen!
Wie viele Szenen welcher entschwundenen Seligkeit!
Wie viele Gedanken an welche begrabenen Hoffnungen!
Wie viele Visionen einer Jungfrau, die
Nicht mehr – nicht mehr auf deinen grünen Hängen!
Nicht mehr! Ach, dieser magische, traurige Klang
Alles verwandeln! Deine Reize sollen nicht mehr gefallen –
Dein Gedächtnis nicht mehr! Verfluchter Boden
Von nun an halte ich dein blumenübersätes Ufer,
O Hyazinthin-Insel! O purpurner Zante!
"Isola d'oro! Fior di Levante!"

DIE STADT IM MEER.

LO! Der Tod hat sich zu einem Thron erhoben
In einer fremden Stadt, die allein liegt
Tief unten im düsteren Westen,
Wo das Gute und das Böse und das Schlimmste und das Beste
Sind zu ihrer ewigen Ruhe gegangen.
Dort gibt es Schreine und Paläste und Türme
(Von der Zeit zerfressene Türme, die nicht zittern!)
Ähneln nichts, was uns gehört.
Umher, durch aufkommende Winde vergessen,
Resigniert unter freiem Himmel
Die melancholischen Wasser liegen.

Keine Strahlen aus dem heiligen Himmel kommen herab
In der langen Nacht dieser Stadt;
Aber Licht aus dem grellen Meer
Strömt lautlos die Türme hinauf –
Leuchtet weit und frei die Zinnen hinauf -
Hoch auf Kuppeln – hinauf auf Türme – hinauf in königliche Hallen
...
Hoch auf Fanes – hinauf auf babylonische Mauern –
Hinauf zu schattigen, längst vergessenen Lauben
Von gezüchtetem Efeu und Steinblumen —
Auf viele und viele wunderbare Heiligtümer
Deren bekränzte Friese sich ineinander verflechten
Die Gambe, das Veilchen und die Weinrebe.

Resigniert unter freiem Himmel
Die melancholischen Wasser liegen.
Mischen Sie also die Türme und Schatten dort
Dass alles in der Luft zu hängen scheint,
Von einem stolzen Turm in der Stadt

Der Tod blickt gigantisch nach unten.

Dort öffnen sich Fanes und klaffende Gräber
Gähnen auf gleicher Höhe mit den leuchtenden Wellen;
Aber nicht die Reichtümer, die dort liegen
Im diamantenen Auge eines jeden Götzen -
Nicht die fröhlich geschmückten Toten
Locken Sie die Wasser aus ihrem Bette;
Denn keine Wellen kräuseln sich, ach!
Entlang dieser Wildnis aus Glas ...
Keine Schwellungen deuten darauf hin, dass Winde
Auf einem fernen, glücklicheren Meer,
Kein Aufwirbeln deutet darauf hin, dass Winde
Auf Meeren, die weniger gräßlich ruhig sind.

Aber siehe, es liegt eine Regung in der Luft!
Die Welle – da ist eine Bewegung!
Als ob die Türme zur Seite geworfen hätten,
In leichtem Sinken die dumpfe Flut -
Als ob ihre Spitzen schwach nachgegeben hätten
Eine Leere im filmischen Himmel.
Die Wellen haben jetzt einen röteren Glanz ...
Die Stunden atmen schwach und niedrig –
Und wenn, ohne irdisches Stöhnen,
Unten, unten wird sich die Stadt von dort niederlassen.
Die Hölle, die sich von tausend Thronen erhebt,
Soll es Ehrfurcht tun.

ZU EINEM IM PARADIES.

ALL DAS WARST DU MIR, LIEBE,
Nach dem meine Seele schmachtete ...
Eine grüne Insel im Meer, Liebe,
Ein Brunnen und ein Heiligtum,
Alle bekränzt mit Feenfrüchten und Blumen,
Und alle Blumen gehörten mir.

Ah, ein Traum ist zu hell, um zu bleiben!
Ah, sternenklare Hoffnung! die am meisten entstanden sind
Aber bewölkt zu sein!
Eine Stimme aus der Zukunft ruft:
»Vorwärts! weiter!« — aber aus der Vergangenheit
(Schwacher Abgrund!) Mein Geist schwebt über Lügen
Stumm, regungslos, entsetzt!

Denn, ach! leider! mit mir
Das Licht des Lebens ist er!
Nicht mehr – nicht mehr – nicht mehr –
(Eine solche Sprache hält das feierliche Meer
Zum Sand am Ufer)
Soll der vom Donner gepeitschte Baum blühen,
Oder der angeschlagene Adler!

Und alle meine Tage sind Trancen,
Und all meine nächtlichen Träume
Sind, wo dein dunkles Auge hinschaut,
Und wo dein Fußtritt glänzt -
In welch ätherischen Tänzen,
Durch welche ewigen Ströme.

EULALIE — EIN LIED.

ICH WOHNTE ALLEIN
In einer Welt des Stöhnens,
Und meine Seele war eine stehende Flut,
Bis die schöne und sanftmütige Eulalie meine errötende Braut wurde ...
Bis die gelbhaarige junge Eulalie meine lächelnde Braut wurde.

Ah, weniger – weniger hell
Die Stars der Nacht
Als die Augen des strahlenden Mädchens!
Und nie eine Flocke
Dass der Dampf
Mit den Mondtönen von Purpur und Perlmutt,
Kann es mit der bescheidensten Eulalie's unbeachtetsten Locke
aufnehmen ...
Kann sich mit der bescheidensten und nachlässigsten Locke der
helläugigen Eulalie vergleichen.

Mal Zweifel – mal Schmerz
Komm nie wieder,
Denn ihre Seele gibt mir Seufzer um Seufzer,
Und das den ganzen Tag
Leuchtet, hell und stark,
Astarté im Himmel,
Während sie immer zu ihrer lieben Eulalie ihr Matronenauge wendet –
Während immer zu ihrer jungen Eulalie ihr violettes Auge aufrichtet.

AN F...s S. O———d.

DU WÜRDEST GELIEBT WERDEN? – dann laß dein Herz
Von seinem jetzigen Weg trennen Sie sich nicht!
Alles zu sein, was du jetzt bist,
Sei nichts, was du nicht bist.
So mit der Welt deine sanften Wege,
Deine Gnade, deine mehr als Schönheit,
Soll ein endloses Thema des Lobes sein,
Und Liebe – eine einfache Pflicht.

ZU F——.

GELIEBT! inmitten der ernsten Nöte
Diese Menschenmenge um meinen irdischen Weg...
(Öder Pfad, ach! wo wächst
Nicht einmal eine einsame Rose) –
Meine Seele hat wenigstens einen Trost
In Träumen von dir, und darin weiß
Ein Eden der faden Ruhe.

Und so ist mir dein Andenken
Wie eine verwunschene, ferne Insel
In einem aufgewühlten Meer...
Etwas Meer, das weit und frei pocht
Mit Stürmen – aber wo zwischenzeitlich
Durchgehend ruhigster Himmel
Nur dieses eine strahlende Insellächeln.

SONETT — SCHWEIGEN.

Es gibt einige Qualitäten – manche verkörpern Dinge,
die ein Doppelleben haben, das somit
Ein Typ dieser Zwillingswesenheit, die federt
Aus Materie und Licht, sichtbar in Fest und Schatten.
Es herrscht eine zweifache Stille – Meer und Ufer –
Körper und Seele. Man wohnt an einsamen Orten,
Neu mit Gras gewachsen; einige feierliche Gnaden,
Einige menschliche Erinnerungen und tränenreiche Überlieferungen,
Mach ihn furchtlos: Sein Name ist "Nie mehr".
Er ist das korporative Schweigen: fürchte ihn nicht!
Keine Macht des Bösen hat er in sich selbst;
Aber sollte ein dringendes Schicksal (unzeitiges Los!)
Bringe dich zu seinem Schatten (namenloser Elf,
Der die einsamen Gegenden heimsucht, wo er getreten ist
Kein Fuß von Menschen, empfehle dich Gott!

DER EROBERERWURM.

LO! Es ist eine Gala-Nacht
In den einsamen letzten Jahren!
Ein Engel drängt sich, beflügelt, beigt
In Schleiern und in Tränen ertränkt,
Setzen Sie sich in ein Theater, um zu sehen
Ein Spiel von Hoffnungen und Ängsten,
Während das Orchester unruhig atmet
Die Musik der Sphären.

Mimen in Gestalt des Gottes in der Höhe,
Murmeln und murmeln leise,
Und hierhin und dorthin fliegen -
Sie sind bloße Marionetten, die kommen und gehen
Auf Gebot unermeßlicher formloser Dinge
Die die Szenerie hin und her verschieben,
Sie schlagen aus ihren Kondorflügeln
Unsichtbares Wo!

Dieses bunte Drama — oh, seien Sie sicher
Das soll man nicht vergessen!
Mit seinem Phantom, das ewig gejagt wird,
Durch eine Menge, die es nicht ergreift,
Durch einen Kreis, der immer wiederkehrt
An denselben Ort,
Und viel vom Wahnsinn und noch mehr von der Sünde,
Und Horror, die Seele der Handlung.

Aber siehe, inmitten der mimischen Schlacht
Eine kriechende Gestalt dringt ein!
Ein blutrotes Ding, das sich aus dem Äußeren windet
Die landschaftliche Einsamkeit!

Es windet sich! – es windet sich! — mit Todesangst
Die Pantomimen werden zu seiner Nahrung,
Und die Engel schluchzen nach Ungezieferzähnen
In menschlichem Blut durchdrungen.

Raus – raus sind die Lichter – raus!
Und über jeder zitternden Gestalt,
Der Vorhang, ein Leichentuch,
Kommt mit dem Rauschen eines Sturmes herab,
Und die Engel, ganz bleich und bleich,
Aufstand, Enthüllung, Bekräftigung
Dass das Stück die Tragödie ist, "Mensch",
Und sein Held, der Erobererwurm.

DER VERWUNSCHENE PALAST.

IM grünsten unserer Täler
Von guten Engeln gepachtet,
Einst ein schöner und stattlicher Palast –
Strahlender Palast – erhob sein Haupt.
In der Herrschaft des Monarchen des Gedankens …
Er stand da!
Spreizen Sie niemals einen Seraph
Über Stoff halb so fair!

Banner gelb, glorreich, golden,
Auf seinem Dach schwebte und floss er,
(Das – all das – war in alten Zeiten
Zeit vor langer Zeit,)
Und jede sanfte Luft, die wehte,
An jenem süßen Tag,
Längs der Wälle gefiedert und bleich,
Ein geflügelter Geruch verschwand.

Wanderer in diesem glücklichen Tal,
Durch zwei helle Fenster wurde
Geister, die sich musikalisch bewegen,
Nach dem wohlgestimmten Gesetz der Laute,
Ringsum ein Thron, auf dem sitzend
(Porphyrogen!)
Im Staate seine Herrlichkeit wohlgemäß,
Der Herrscher des Reiches wurde gesehen.

Und alles mit perlen- und rubinleuchtenden Perlen
War die schöne Palasttür,
Durch die fließend, fließend, fließend kam,
Und immer funkelnd,

Eine Truppe Echos, deren süße Pflicht
War nur zu singen,
Mit Stimmen von überragender Schönheit,
Der Witz und die Weisheit ihres Königs.

Aber böse Dinge, in Gewändern des Schmerzes,
Er griff den hohen Stand des Monarchen an.
(Ach, laßt uns trauern! — denn niemals Kummer [[morgen]]
Wird über ihm verwüstet dämmern!)
Und rings um sein Heim die Herrlichkeit
Die errötete und blühte,
Ist nur eine dunkel erinnerte Geschichte
Von der alten Zeit begraben.

Und Reisende nun, in jenem Tal,
Durch die rot gefleckten Fenster sehen Sie
Riesige Formen, die sich fantastisch bewegen
Zu einer disharmonischen Melodie,
Während wie ein grässlicher, reißender Fluss,
Durch die bleiche Tür
Ein abscheuliches Gedränge stürzt für immer hinaus
Und lachen – aber nicht mehr lächeln.

SZENEN AUS "POLITIAN";

EIN UNVERÖFFENTLICHTES DRAMA.

I.

ROM. — Ein Saal in einem Palast. Alessandra und Castiglione.

Alessandra. Du bist traurig, Castiglione.

Castiglione. Traurig! – nicht ich.
Oh, ich bin der glücklichste, glücklichste Mann in Rom!
Noch ein paar Tage, weißt du, meine Alessandra,
Will dich zu meinem machen. Oh, ich bin sehr glücklich!

Los. Ich glaube, du hast eine eigentümliche Art, dich zu zeigen
Dein Glück! – Was fehlt dir, mein Vetter?
Warum seufztest du so tief?

Cas. Habe ich geseufzt?
Ich war mir dessen nicht bewusst. Es ist eine Mode,
Eine alberne – eine höchst alberne Mode, die ich habe
Wenn ich sehr glücklich bin. Habe ich geseufzt? (Seufzt.)

Los. Du hast es getan. Es geht dir nicht gut. Du hast gefrönt
Zu viel in letzter Zeit, und es ärgert mich, das zu sehen.
Späte Stunden und Wein, Castiglione, — diese
Wird dich verderben! du bist schon verändert -
Deine Blicke sind ausgezehrt – nichts nutzt sich so sehr ab
Die Verfassung als späte Stunden und Wein.

Cas. (sinniert.) Nichts, schöne Cousine, nichts – nicht einmal tiefer
Kummer –
Er trägt ihn weg wie böse Stunden und Wein.
Ich werde das ändern.

Los. Tu es! Ich möchte, dass du fallen bleibst
Auch deine ausschweifende Gesellschaft – Gesellen von niedriger
Geburt –
Passt nicht so gut zu dem Erben des alten Di Broglio
Und Alessandras Ehemann.

Cas. Ich werde sie fallen lassen.

Los. Du wirst – du musst. Kümmerst du auch mehr
Zu deinem Kleid und deiner Equipage – sie sind über schlicht
Für deinen hohen Rang und deine Mode – hängt viel davon ab
Nach Erscheinungen.

Cas. Ich werde mich darum kümmern.

Los. Dann sorgen Sie dafür! – Passen Sie mehr auf, Sir,
Zu einem werdenden Wagen — viel wünschst du dir
In Würde.

Cas. Viel, viel, oh viel will ich
In angemessener Würde.

Los. (Hochmütig.) Du verspottest mich, Herr!

Cas. (abstrahiert.) Süße, sanfte Lalage!

Los. Habe ich richtig gehört?
Ich spreche mit ihm – er spricht von Lalage!

*Herr Graf! (legt ihre Hand auf seine Schulter) Was träumst du? Es
geht ihm nicht gut!
Was fehlt dir, Sir?*

*Cas. (erschreckend.) Vetter! Schöne Cousine! – Madame!
Ich bitte dich um Verzeihung – in der Tat geht es mir nicht gut ...
Deine Hand von meiner Schulter, wenn du willst.
Diese Luft ist höchst drückend! — Madame — der Herzog!*

Hier kommt Di Broglio ins Spiel.

*Di Broglio. Mein Sohn, ich habe Neuigkeiten für dich! 'Hallo? —
Was ist los? (Beobachtet Alessandra.)
Ich' die Schmollmunde? Küsse sie, Castiglione! küsse sie,
Du Hund! und erfinde es, sage ich, in dieser Minute!
Ich habe Neuigkeiten für euch beide. Es wird erwartet, dass Politian
Stündlich in Rom — Politian, Graf von Leicester!
Wir werden ihn auf der Hochzeit haben. Es ist sein erster Besuch
In die Kaiserstadt.*

*Los. Was! Politär
Von Großbritannien, Graf von Leicester?*

*Di Brog. Dasselbe, meine Liebe.
Wir werden ihn auf der Hochzeit haben. Ein Mann, der noch ganz
jung ist
In Jahren, aber grau im Ruhm. Ich habe ihn nicht gesehen,
Aber das Gerücht spricht von ihm wie von einem Wunderkind
Herausragend in Künsten, Waffen und Reichtum,
Und hohe Abfahrt. Wir werden ihn auf der Hochzeit haben.*

*Los. Ich habe viel von diesem Politianer gehört.
Fröhlich, unberechenbar und schwindelerregend – nicht wahr?
Und wenig zum Nachdenken.*

Di Brog. Weit gefehlt, Liebe.
Kein Zweig, sagen sie, der ganzen Philosophie
So tief abstrus, dass er es nicht beherrscht.
Gelernt, wie wenige gelernt sind.

Los. Das ist sehr merkwürdig!
Ich habe Männer gekannt, die Politianer gesehen haben.
Und suchte seine Gesellschaft. Sie sprechen von ihm
Wie von einem, der wahnsinnig ins Leben getreten ist,
Den Becher des Genusses bis zum Bodensatz trinken.

Cas. Lächerlich! Jetzt habe ich Politian
Und ich kenne ihn gut, noch ist er gelehrt noch heiter.
Er ist ein Träumer und ein Mann, der ausgeschlossen ist
Aus gemeinsamen Leidenschaften.

Di Brog. Kinder, da sind wir anderer Meinung.
Gehen wir hinaus und schmecken wir die duftende Luft
Des Gartens. Träumte ich oder hörte ich
Politian war ein melancholischer Mensch?

(Ausdruck.)

II.

ROM. Eine Damenwohnung mit offenem Fenster und Blick in einen Garten. Lalage, in tiefer Trauer, lesend an einem Tisch, auf dem einige Bücher und ein Handspiegel liegen. Im Hintergrund [[Hintergrund]] lehnt sich Jacinta (ein Dienstmädchen) nachlässig auf einen Stuhl.

Lal. [[Lalage]] Jacinta! Bist du es?

Jac. [[Jacinta]] (Scharf.) Ja, Ma'am, ich bin hier.

Lal. Ich wußte nicht, Jacinta, du warst in Wartestellung. Setz dich! — laß dich nicht von meiner Gegenwart beunruhigen — Setz dich! – denn ich bin demütig, demütig.

Jac. (Nebenbei.) Es ist Zeit.

(Jacinta setzt sich seitwärts auf den Stuhl, stützt die Ellbogen auf die Lehne und betrachtet ihre Herrin mit einem verächtlichen Blick. Lalage liest weiter.)

Lal. "Es ist in einem anderen Klima, also sagte er:
"Brachte eine helle goldene Blume hervor, aber nicht ich [[in]] dieser Erde!"
(Pause: Blättert um und fährt fort.)
»Dort gibt es keine langen Winter, keinen Schnee, keinen Regenschauer
...
"Aber der Ozean wird die Menschheit immer erfrischen
"Atmet den schrillen Geist des Westwindes."
Oh, schön! — sehr schön! — wie ähnlich
Von was träumt meine fiebernde Seele vom Himmel!
O glückliches Land! (Hält inne.) Sie ist gestorben! – das Mädchen starb!

O noch glücklicheres Mädchen, das sterben könnte!
Jacinta!
(Jacinta antwortet nicht, und Lalage fährt gleich fort.)
Wieder! — eine ähnliche Geschichte
Erzählt von einer schönen Dame jenseits des Meeres!
So spricht ein gewisser Ferdinand mit den Worten des Schauspiels:
"Sie starb in jungen Jahren" – antwortet ihm ein gewisser Bossola –
»Ich glaube nicht – ihre Unglückseligkeit
"Schien Jahre zu viel zu haben" — Ah unglückliche Dame!
Jacinta! (Immer noch keine Antwort.)
Hier ist eine weitaus ernstere Geschichte
Aber wie – oh, sehr ähnlich in seiner Verzweiflung –
Von jener ägyptischen Königin, die so leicht gewann
Tausend Herzen, die endlich ihr eigenes verlieren.
Sie starb. So endet die Geschichte – und ihre Mägde
Beugt euch vor und weint – zwei sanfte Mägde
Mit sanften Namen – Eiros und Charmion!
Regenbogen und Taube! —— Jacinta!

Jac. (Kleinlich.) Madame, was ist das?

Lal. Willst du, meine gute Jacinta, so gütig sein
Geh runter in die Bibliothek und bring mich
Die heiligen Evangelisten.

Jac. Pshaw! (Ausgang.)

Lal. Wenn es Balsam gibt
Für den verwundeten Geist in Gilead ist er da!
Tau in der Nacht meiner bitteren Not
Wird man finden – "Tau süßer weit als jener
Die wie Perlenketten am Hermon-Hügel hängt."
(Tritt wieder in Jacinta ein und wirft einen Band auf den Tisch.)
Da, Ma'am, ist das Buch. In der Tat ist sie sehr lästig. (Nebenbei.)

Lal. (erstaunt.) Was hast du gesagt, Jacinta? Habe ich nichts getan? Um dich zu betrüben oder um dich zu ärgern? — Es tut mir leid. Denn du hast mir lange gedient und bist immer Vertrauenswürdig und respektvoll.
(Setzt ihre Lektüre fort.)

Jac. Ich kann es nicht glauben
Sie hat noch mehr Juwelen – nein – nein – sie hat mir alles gegeben.
(Nebenbei.)

Lal. Was hast du gesagt, Jacinta? Jetzt besinne ich mich
Du hast in letzter Zeit nicht von deiner Hochzeit gesprochen.
Wie geht es Ugo? – und wann soll es sein?
Kann ich alles tun? — gibt es keine weitere Hilfe?
Brauchst du, Jacinta?

Jac. Gibt es keine weitere Hilfe!
Das ist für mich bestimmt. (beiseite) Ich bin sicher, Madame, Sie brauchen es nicht
Wirf mir immer diese Juwelen in die Zähne.

Lal. Juwelen! Jacinta, — nun wahrhaftig, Jacinta,
Ich dachte nicht an die Juwelen.

Jac. Oh! Vielleicht nicht!
Aber dann hätte ich es vielleicht geschworen. Letztendlich
Da ist Ugo, der sagt, der Ring ist nur Kleister,
Denn er ist gewiß, daß der Graf Castiglione niemals
Hätte einem wie Ihnen einen echten Diamanten gegeben;
Und im besten Falle, da bin ich mir sicher, Madame, können Sie es nicht
Haben Sie jetzt Verwendung für Juwelen. Aber ich hätte es schwören können.

(Ausgang.)
(Lalage bricht in Tränen aus und lehnt ihren Kopf auf den Tisch – nach einer kurzen Pause hebt sie ihn.)

 Lal. Armer Lalage! – und ist es so weit gekommen?
 Deine Magd! – aber Mut! — Es ist nur eine Viper,
 Den du geliebt hast, um dich in die Seele zu stechen!
   (nimmt den Spiegel auf)
 Ha! Hier ist wenigstens ein Freund – zu sehr ein Freund
 In früheren Tagen – ein Freund wird dich nicht täuschen.
 Schöner Spiegel und wahr! Nun sag mir (denn du kannst)
 Ein Märchen – ein hübsches Märchen – und achte nicht darauf
  Auch wenn es voller Leid ist. Es antwortet mir.
 Er spricht von eingefallenen Augen und verschwendeten Wangen,
 Und die Schönheit, die längst verstorben ist — erinnert sich an mich
 Von der Freude geschieden - der Hoffnung, der Seraph-Hoffnung,
  Begraben und begraben! – nun, in einem Ton
 Leise, traurig und feierlich, aber höchst hörbar,
 Flüstern von frühem, ernstem, vorzeitigem Gähnen
 Für ein ruiniertes Dienstmädchen. Schöner Spiegel und wahr! – Du
  lügst nicht!
 Du hast kein Ende zu gewinnen – kein Herz zu brechen –
  Castiglione hat gelogen, als er sagte, er liebe ...
  Du wahr – er falsch! — Falsch! — Falsch!
(Während sie spricht, betritt ein Mönch ihre Wohnung und nähert sich unbemerkt.)

 Mönch. Zuflucht hast du,
 Süße Tochter! im Himmel. Denkt an ewige Dinge!
 Gib deine Seele der Buße hin und bete!

 Lal. *(erhebt sich hast.)* Ich kann nicht beten! — Meine Seele befindet
  sich im Kriege mit Gott!

Die schrecklichen Geräusche der Heiterkeit unten
Stören Sie meine Sinne – los! Ich kann nicht beten ...
Die süße Luft aus dem Garten beunruhigt mich!
Deine Gegenwart betrübt mich – geh! — dein priesterliches Gewand
Erfüllt mich mit Schrecken – dein ebenholzfarbenes Kruzifix
Mit Schrecken und Ehrfurcht!

Mönch. Denk an deine kostbare Seele!

Lal. Denken Sie an meine Anfänge! – denk an meinen Vater
Und Mutter im Himmel! denken Sie an unser ruhiges Zuhause,
Und das Bächlein, das vor der Tür lief!
Denkt an meine kleinen Schwestern! – denken Sie an sie!
Und denk an mich! – denk an meine vertrauensvolle Liebe,
Und Zuversicht – seine Gelübde – mein Verderben – denken – denken
– denken
Von meinem unaussprechlichen Elend! —— Los!
Und doch bleiben! und doch bleiben! — Was hast du vom Gebet
gesagt?
Und die Buße? Hast du nicht vom Glauben gesprochen?
Und Gelübde vor dem Thron?

Mönch. Habe ich getan.

Lal. Das ist gut.
Es gibt ein Gelübde, wo das Passende gemacht werden sollte ...
Ein heiliges Gelübde, gebieterisch und dringend,
Ein feierliches Gelübde!

Mönch. Tochter, dieser Eifer ist gut!

Lal. Vater, dieser Eifer ist alles andere als gut!
Hast du ein Kreuz, das für dieses Ding geeignet ist?
Ein Kruzifix, auf dem man sich eintragen kann

Dieses heilige Gelübde?
(Er reicht ihr seine eigenen.)
Nicht das – Oh! Nein! — Nein! — Nein!
(Schaudert.)
Das ist nicht der Fall! Das ist nicht der Fall! – Ich sage dir, heiliger Mann,
Deine Gewänder und dein Ebenholzkreuz erschrecken mich!
Zurückstehen! Ich habe selbst ein Kruzifix, –
Ich habe ein Kruzifix! Ich finde, das passt
Die Tat – das Gelübde – das Symbol der Tat –
Und das Register der Urkunde sollte übereinstimmen, Vater!
(Zieht einen Dolch mit gekreuztem Griff und hebt ihn in die Höhe.)
Seht das Kreuz, mit dem ein Gelübde wie das meine
Steht im Himmel geschrieben!

Mönch. Deine Worte sind Wahnsinn, Tochter,
Und sprich einen unheiligen Vorsatz – deine Lippen sind glühend –
Deine Augen sind wild – versuche nicht den göttlichen Zorn!
Machen Sie eine Pause, bevor es zu spät ist! – oh, sei nicht – sei nicht unüberlegt!
Schwöre nicht den Eid – oh, schwöre es nicht!

Lal. Das ist geschworen!

III.

Eine Wohnung in einem Palast. Politian und Baldazzar.
Baldazar. ——— *Wecke dich jetzt, Politianer!*
Du darfst nicht – nein, wahrhaftig, du sollst nicht
Lasst diesen Launen Platz. Sei du selbst!
Schüttle die müßigen Phantasien ab, die dich bedrängen,
Und lebe, denn jetzt stirbst du!

Politär. Nicht so, Baldazzar!
Gewiß lebe ich.

Bal. Politianer, es betrübt mich
Um dich so zu sehen.

Pol. Baldazar, es betrübt mich
Um dir Anlaß zum Kummer zu geben, mein verehrter Freund.
Befehlen Sie mir, Sir! Was willst du, dass ich tue?
Auf dein Geheiß werde ich diese Natur abschütteln
die ich von meinen Vorfahren geerbt habe,
die ich mit der Milch meiner Mutter getrunken habe,
Und nicht mehr Politianer sein, sondern ein anderer.
Befehlen Sie mir, Sir!

Bal. Auf das Feld dann – auf das Feld –
In den Senat oder auf das Feld.

Pol. Leider! leider!
Da ist ein Wichtel, der mir sogar dort folgen würde!
Sogar dort ist mir ein Kobold gefolgt!
Da ist ... was war das für eine Stimme?

Bal. Ich habe es nicht gehört.

*Ich hörte keine Stimme außer deiner eigenen,
Und das Echo deiner eigenen.*

Pol. Dann träumte ich nur.

*Bal. Gib deine Seele nicht den Träumen: dem Lager – dem Hof
Schicke dir – Ruhm wartet auf dich – Ruhm ruft –
Und ihr die Trompetenzunge wirst du nicht hören
Im Lauschen auf imaginäre Klänge
Und Phantomstimmen.*

*Pol. Es ist eine Phantomstimme!
Hast du es denn nicht gehört?*

Bal. Ich habe es nicht gehört.

*Pol. Du hast es nicht gehört! —— Baldazaar, sprich nicht mehr
Mir, Politian, von deinen Lagern und Gerichten.
Oh! Ich bin krank, krank, krank, bis zum Tod,
Von den hohlen und hochtrabenden Eitelkeiten
Von der bevölkerungsreichen Erde! Hab noch eine Weile Geduld mit
mir!
Wir sind zusammen Knaben gewesen – Schulkameraden –
Und nun sind Freunde – und werden doch nicht mehr so lange sein –
Denn in der ewigen Stadt sollst du mir tun
Ein gütiges und sanftes Amt und eine Macht –
Eine erhabene, gütige und erhabene Macht –
Soll dich dann von allen weiteren Pflichten entbinden
Zu deinem Freund.*

*Bal. Du sprichst ein furchtbares Rätsel
Ich werde es nicht verstehen.*

Pol. Doch jetzt, da das Schicksal

Nähert sich, und die Stunden atmen tief,
Der Sand der Zeit verwandelt sich in goldene Körner,
Und blende mich, Baldazar. Leider! leider!
Ich kann nicht sterben, wenn ich es in meinem Herzen habe
So ein Genuss für das Schöne
Wie es in ihm entzündet worden ist. Methinks die Luft
Ist jetzt milder als früher ...
Reiche Melodien schweben in den Winden —
Eine seltenere Lieblichkeit schmückt die Erde —
Und mit einem heiligeren Glanz der stille Mond
Er sitzt im Himmel. — Hist! Hist! Du kannst nicht sagen
Hörst du jetzt nicht, Baldazar?

Bal. In der Tat, ich höre nichts.

Pol. Nicht hören! — Hören Sie jetzt — hören Sie! — das leiseste
Geräusch
Und doch das süßeste, das das Ohr je gehört hat!
Die Stimme einer Frau! – und Trauer im Ton!
Baldazar, es bedrückt mich wie ein Zauber!
Wieder! – schon wieder! – wie feierlich es fällt
In mein tiefstes Herz! Diese eloquente Stimme
Gewiß, ich habe es nie gehört – und doch wäre es gut
Hätte ich es nur mit seinen aufregenden Tönen gehört
In früheren Tagen!

Bal. Ich selbst höre es jetzt.
Sei still! – die Stimme, wenn ich mich nicht sehr irre,
Erlöse aus jenem Gitter — das Sie sehen können
Ganz deutlich durch das Fenster – es gehört,
Tut es das nicht? zu diesem Palast des Herzogs.
Der Sänger ist zweifellos unter
Das Dach Seiner Exzellenz – und vielleicht
Ist sogar jene Alessandra, von der er sprach

Als Verlobte von Castiglione,
Sein Sohn und Erbe.

Pol. Sei still! — es kommt wieder!
Stimme
(Sehr schwach.)
"Und ist dein Herz so stark,
Was mich so verläßt
Der dich so lange geliebt hat
In Reichtum und Leid?
Und ist dein Herz so stark,
Und mich so zu verlassen?
Sag nein – sag nein!"

Bal. Das Lied ist englisch, und ich habe es oft gehört
Im fröhlichen England — noch nie so klagend —
Hist! Hist! Es kommt wieder!
Stimme
(Lauter.)
"Ist es so stark,
Was mich so verläßt
Der dich so lange geliebt hat
In Reichtum und Leid?
Und ist dein Herz so stark,
Und mich so zu verlassen?
Sag nein – sag nein!"

Bal. Es ist still und alles ist still!

Pol. Es ist nicht alles still!

Bal. Gehen wir hinunter.
Pol. Geh hinunter, Baldazzar, geh!

Bal. Die Stunde wird spät – der Herzog erwartet uns, –
Deine Gegenwart wird in der Halle erwartet
Unter. Was fehlt dir, Graf Politian?
Stimme
(deutlich.)
"Wer hat dich so lange geliebt,
In Reichtum und Leid untereinander,
Und ist dein Herz so stark?
Sag nein – sag nein!"

Bal. Laßt uns hinabsteigen! — Es ist Zeit. Politian, gib
Diese Phantasien zum Wind. Denkt daran, betet,
Deine Haltung hatte in letzter Zeit viel Ungehoheit
An den Herzog. Wecke dich! Und denken Sie daran!

Pol. Merken? Ja, das tue ich. Nur zu! Ich erinnere mich. *(Geht.)*
Steigen wir hinab. Glaub mir, ich würde geben,
Würde die weiten Ländereien meiner Grafschaft frei geben
Auf das Antlitz zu blicken, das von jenem Gitter verborgen ist -
"Auf dieses verschleierte Antlitz zu blicken und zu hören
Wieder diese stille Zunge.«

Bal. Lassen Sie mich Sie bitten, Sir,
Steigen Sie mit mir hinab – der Herzog könnte beleidigt sein.
Laßt uns hinuntergehen, ich bitte euch.
(Stimme laut.) Sag nein! – Sag nein!

Pol. (beiseite) Es ist seltsam! — das ist sehr merkwürdig — dachte
ich, die Stimme
Stimmte mit meinen Wünschen und befahl mir zu bleiben! *(Nähert
sich dem Fenster.)*
Süße Stimme! Ich höre auf dich und werde gewiß bleiben.
Sei nun diese Phantasie, beim Himmel, oder sei es das Schicksal,
Noch immer werde ich nicht herabsteigen. Baldazzar, Marke

Entschuldigung an den Herzog für mich;
Ich gehe heute abend nicht hinunter.

Bal. Euer Lordschaft Vergnügen
Ist zu beachten. Gute Nacht, Politian.

Pol. Gute Nacht, mein Freund, gute Nacht.

IV.

Die Gärten eines Palastes — Mondschein. Lalage und Politian.

Lalage. Und sprichst du von Liebe,
Für mich, Politian? — sprichst du von Liebe?
Nach Lalage? — ah wo — ah wo bin ich!
Dieser Spott ist höchst grausam, ja sehr grausam!

Politär. Weine nicht! Oh, schluchzt nicht so! − deine bitteren Tränen
Wird mich wahnsinnig machen. O trauere nicht, Lalage ...
Lass dich trösten! Ich weiß − ich weiß alles,
Und doch spreche Ich von Liebe. Schau mich an, Klügste,
Und schöne Lalage! — Wende deine Augen hierher!
Du fragst mich, ob ich von Liebe sprechen könnte,
Wissen, was ich weiß, und sehen, was ich gesehen habe.
Du fragst mich, dass − und so antworte ich dir −
So antworte ich dir auf meinem gebeugten Knie.

(Kniend.)
Süßer Lalage, ich liebe dich − ich liebe dich − ich liebe dich;
Durch Gutes und Böses − durch Wohl und Weh liebe ich dich.
Nicht Mutter, mit ihrem Erstgeborenen auf den Knien,
Er zittert mit intensiverer Liebe als ich zu dir.
Nicht auf Gottes Altar, zu keiner Zeit und in keinem Klima,
brannte dort ein heiligeres Feuer, als es jetzt brennt
In meinem Geist für dich. Und liebe ich?

(Entsteht.)
Selbst für deine Leiden liebe ich dich − auch für deine Leiden −
Deine Schönheit und deine Leiden.

Lal. Ach, stolzer Graf,

Du vergisst dich selbst und denkst an mich!
Wie in den Hallen deines Vaters, unter den Jungfrauen
Rein und tadellos aus deinem fürstlichen Geschlecht,
Konnte der entehrte Lalage durchhalten?
Dein Weib und mit einem befleckten Andenken –
Mein versengter und verdorbener Name, wie würde er zusammenpassen
Mit den angestammten Ehren deines Hauses,
Und mit deiner Herrlichkeit?

Pol. Sprich nicht von Herrlichkeit zu mir!
Ich hasse – ich verabscheue den Namen; Ich verabscheue
Das Unbefriedigende und Ideale.
Bist du nicht Lalage und ich Politianer?
Liebe ich nicht – bist du nicht schön –
Was brauchen wir mehr? Ha! Pracht! – Sprich nun nicht davon!
Bei allem, was ich für das Heiligste und Feierlichste halte –
Bei all meinen Wünschen jetzt – meinen Befürchtungen im Jenseits –
Bei allem, was ich auf Erden verachte und auf den Himmel hoffe ...
Es gibt keine Tat, der ich mich mehr rühmen würde,
als in deiner Sache, über eben diese Herrlichkeit zu spotten,
Und es mit Füßen treten. Was kommt darauf an ...
Was liegt daran, meine Schönste und meine Beste,
Dass wir ungeehrt und vergessen in die Geschichte eingehen
In den Staub – so steigen wir gemeinsam hinab.
Gemeinsam hinabsteigen – und dann – und dann vielleicht – –

Lal. Warum hältst du inne, Politian?

Pol. Und dann, vielleicht
Gemeinsam aufstehen, Lalage, und umherstreifen
Die sternenklaren und stillen Wohnungen des Seligsten,
Und trotzdem ...
Lal. Warum hältst du inne, Politian?

Pol. Und immer noch zusammen – zusammen.

Lal. Jetzt Earl of Leicester!
Du liebst mich und in meinem tiefsten Herzen
Ich fühle, dass du mich aufrichtig liebst.

Pol. Ach, Lalage! (Er wirft sich auf die Knie.)
Und liebst du mich?

Lal. Hist! Sei still! in der Finsternis
Von jenen Bäumen dachte ich, eine Gestalt vorüber ...
Eine gespenstische Gestalt, feierlich, langsam und geräuschlos –
Wie der grimmige Schatten Gewissen, feierlich und geräuschlos. (Geht
hinüber und kehrt zurück.)
Ich habe mich getäuscht – es war nur ein riesiger Ast
Aufgewühlt vom Herbstwind. Politär!

Pol. Meine Lalage – meine Liebe! Warum bist du gerührt?
Warum wirst du so bleich? Nicht das Selbst des Gewissens,
Weit weniger ein Schatten, den du ihm gleichst,
Sollte den festen Geist so erschüttern. Aber der Nachtwind
Ist kühl – und diese melancholischen Äste
Wirf über alles eine Düsternis.

Lal. Politär!
Du sprichst zu mir von Liebe. Kennst du das Land
Mit dem alle Zungen beschäftigt sind - ein neu gefundenes Land -
Wie durch ein Wunder von einem aus Genua gefunden —
Tausend Meilen im goldenen Westen?
Ein Märchenland aus Blumen und Früchten und Sonnenschein,
Und kristallklare Seen und überwölbende Wälder,
Und Berge, um deren hoch aufragende Gipfel die Winde wehen,
Vom Himmel ungehinderter Strom – welche Luft zum Atmen
Ist jetzt Glück und wird Zukunft Freiheit sein

In den kommenden Tagen?

Pol. O, willst du – willst du
Flieg in jenes Paradies – mein Lalage, willst du
Mit mir dorthin fliegen? Dort wird die Sorge vergessen werden,
Und die Trauer wird nicht mehr sein, und der Eros wird alles sein.
Und dann soll das Leben Mein sein, denn Ich werde leben
Für dich und in deinen Augen – und du sollst sein
Kein Trauernder mehr – sondern die strahlenden Freuden
Soll auf dich warten, und der Engel Hope
Sei immer bei dir; und ich will vor dir niederknien
Und dich anbeten und dich meine Geliebte nennen,
Meine eigene, meine schöne, meine Liebe, meine Frau,
Mein Alles; – oh, willst du – willst du, Lalage,
Mit mir dorthin fliegen?

Lal. Eine Tat soll getan werden -
Castiglione lebt!

Pol. Und er wird sterben!

(Ausgang.)

Lal. (nach einer Pause.) Und – er – soll – sterben! ——— leider!
Castiglione sterben? Wer sprach die Worte?
Wo bin ich? – Was hat er gesagt? — Politianer!
Du bist nicht fort – du bist nicht fort, Politian!
Ich fühle, du bist nicht fort – und wage doch nicht zu schauen,
Damit ich dich nicht sehe, Du könntest nicht gehen
Mit diesen Worten auf deinen Lippen – O, sprich zu mir!
Und lass mich deine Stimme hören – ein Wort – ein Wort,
Um zu sagen, dass du nicht fort bist, – ein kleiner Satz,
Zu sagen, wie du verachtest – wie du hasst
Meine weibliche Schwäche. Ha! ha! du bist nicht fort –

O sprich zu mir! Ich wußte, du würdest nicht gehen!
Ich wußte, du würdest, konntest und darfst nicht gehen.
Bösewicht, du bist nicht fort – du verspottest mich!
Und so umklammere ich dich – so! ———— Er ist weg, er ist fort ...
Verschwunden – weg. Wo bin ich? ——— es ist gut — es ist sehr gut!
Damit die Klinge scharf sei – der Schlag gewiß sei,
   »Es ist gut, es ist sehr gut – ach! leider!
        (Ausgang.)

V.

Die Vororte. Nur Polit.

Politär. Diese Schwäche wächst über mich. Ich bin schwach,
Und so sehr fürchte ich mich schlecht – es wird nicht genügen
Zu sterben, ehe ich gelebt habe! — Bleib — halte deine Hand,
O Azrael, noch eine Weile! — Fürst der Mächte
Von der Finsternis und dem Grab, O Mitleid mit mir!
O bemitleide mich! Laß mich jetzt nicht zugrunde gehen,
Im Keimen meiner paradiesischen Hoffnung!
Gib mir noch zu leben – noch eine kleine Weile:
Ich bin es, der ich für das Leben bete – ich, der ich so spät
Gefordert, aber zu sterben! – was sagt der Graf?

Hier kommt Baldazzar ins Spiel.

Baldazar. Dass er keine Ursache für Streit oder Fehde kennt
Zwischen dem Earl Politian und ihm selbst.
Er lehnt dein Kartell ab.

Pol. Was hast du gesagt?
Welche Antwort hast du mir gegeben, guter Baldazar?
Mit welch übermäßigem Duft kommt der Zephyr
Beladen aus jenen Lauben! — einen schöneren Tag,
Oder ein würdigeres Italien, denke ich
Kein sterbliches Auge hat es gesehen! – was sagte der Graf?

Bal. Daß er, Castiglione, sich nicht bewußt war
Von einer bestehenden Fehde oder einer Ursache
Von Streit zwischen Eurer Lordschaft und ihm selbst,
Kann die Herausforderung nicht annehmen.
Pol. Es ist höchst wahr...

All das ist sehr wahr. Als ich Euch sah, Sir,
Als ich dich nun sah, Baldazzar, in der kalten
Das unheilvolle Britannien, das wir vor kurzem verlassen haben,
Ein Himmel, der so ruhig ist wie dieser, so völlig frei
Vor dem bösen Makel der Wolken? – und er hat es tatsächlich gesagt?

Bal. Nicht mehr, Mylord, als ich Ihnen gesagt habe, Sir:
Der Graf Castiglione wird nicht kämpfen,
Keinen Grund zum Streit haben.

Pol. Nun, das ist wahr ...
Alles sehr wahr. Du bist mein Freund, Baldazar,
Und ich habe es nicht vergessen – du tust es mir
Ein Stück Service; Willst du zurückgehen und sagen,
Diesem Manne, dem Ich, dem Grafen von Leicester,
Ihn für einen Bösewicht halten? – so viel, frage ich dich, sage
für den Grafen – es ist mehr als gerecht
Er sollte Grund zum Streit haben.

Bal. Mein Herr! – Mein Freund! —

Pol. (Nebenbei.) Er ist es! — Er kommt selbst? (Laut.) Du denkst gut.
Ich weiß, was du sagen würdest – nicht die Botschaft senden würdest
—
Brunnen! — Ich werde darüber nachdenken — ich werde es nicht abschicken.
Nun verlaß mich, hier kommt ein Mensch
Mit wem Angelegenheiten höchst privater Natur
Ich würde mich anpassen.

Bal. Ich gehe – morgen treffen wir uns,
Tun wir das nicht? – im Vatikan.

Pol. Im Vatikan.

(Ausgang Bal.)

Hier kommt Castigilone ins Spiel.

Cas. Der Earl of Leicester hier!

Pol. Ich bin der Graf von Leicester, und du siehst,
Nicht wahr? dass ich hier bin.

Cas. Mein Herr, etwas Seltsames,
Irgendein merkwürdiger Irrtum – ein Mißverständnis –
Ist ohne Zweifel auferstanden: du bist gedrängt worden
Und zwar in der Hitze des Zorns,
Einige Worte, die höchst unerklärlich sind, schriftlich,
Für mich, Castiglione; der Träger ist
Baldazzar, Herzog von Surrey. Ich bin mir bewusst
Von nichts, was dich in dieser Sache rechtfertigen könnte,
Er hat dich nicht beleidigt. Ha! – habe ich recht?
War das ein Irrtum? — zweifellos — wir alle
Irren Sie sich manchmal.

Pol. Zeichnen, Schurken und Plaudern nicht mehr!

Cas. Ha! — Unentschieden? – und Bösewicht? hab also sofort bei dir,
Stolzer Graf!

(Zieht.)

Pol. (Zeichnung.) Also zum Sühnegrab,
Unzeitiges Grab, ich gebe dich
Im Namen von Lalage!
Cas. (Er läßt sein Schwert fallen und prallt bis an den Rand der
Bühne zurück.)

Von Lalage!
Halte dich zurück – deine heilige Hand! – Avaunt, sage ich!
Räubere dich – ich will nicht mit dir kämpfen – ja, ich wage es nicht.

Pol. Du willst nicht mit mir kämpfen, hast du gesagt, Herr Graf?
Werde ich so verblüfft sein? – Nun, das ist gut;
Hast du nicht gesagt, du wagst es nicht? Ha!

Cas. Ich wage es nicht – wage es nicht –«
Halte deine Hand zurück – mit diesem geliebten Namen
So frisch auf deinen Lippen, werde ich nicht mit dir kämpfen ...
Ich kann – wage es nicht.

Pol. Nun bei meinem Halidom
Ich glaube dir! – Feigling, ich glaube dir!

Cas. Ha! – Feigling! –— Das muss nicht sein!
(umklammert sein Schwert und taumelt auf Politian zu, aber seine
Absicht ändert sich, bevor er ihn erreicht, und er fällt vor den
Füßen des Grafen auf die Knie)

Leider! Mein Herr
Es ist – es ist – höchst wahr. In einer solchen Sache
Ich bin der allerfeigste Feigling. O bemitleide mich!

Pol. (stark gemildert.) Leider! – Das tue ich – du tust mir leid.

Cas. Und Lalage —«

Pol. Schuft! —— Steh auf und stirb!

Cas. Es braucht nicht zu sein – so – so – O laß mich sterben
Also auf meinem gebeugten Knie. Es wäre sehr passend,
Dass ich in dieser tiefen Demütigung zugrunde gehe.

Denn im Kampf werde ich keine Hand heben
Gegen dich, Graf von Leicester. Schlage du heim —
(Er entblößt seinen Busen.)
Hier gibt es weder Spielraum noch Hindernis für deine Waffe –
Sitzen. Ich werde nicht gegen dich kämpfen.

Pol. Jetzt s'Tod und Hölle!
Bin ich nicht – bin ich nicht schwer versucht –
Dich beim Wort zu nehmen? Aber merken Sie mir, Sir!
Denk daran, mich nicht so zu fliegen. Bereitest du vor
Für öffentliche Beleidigungen auf der Straße – vor
Die Augen der Bürger. Ich werde dir folgen ...
Wie ein Rachegeist werde ich dir folgen
Sogar bis zum Tod. Vor denen, die du liebst –
Vor ganz Rom werde ich dich verhöhnen, Schurke, – ich werde dich verhöhnen,
Hörst du? Mit Feigheit – wirst du nicht gegen mich kämpfen?
Du lügst! Du sollst!
(Ausgang.)

Cas. Nun, das ist in der Tat gerecht!
Gerechtester und gerechtester, rächender Himmel!

Das Ende.

Milton Keynes UK
Ingram Content Group UK Ltd.
UKHW031122261124
451618UK00005B/61